新潟県人物小伝

相馬御風

金子善八郎

新潟日報事業社

■表紙写真
表紙一
・相馬御風肖像
・御風と会津八一の寄せ書き
表紙二
・晩年の御風　良寛の書の前で
表紙三
・美山公園歌碑
表紙四（左から）
・御風宅内書斎（糸魚川市大町二丁目十番一号）
・御風収集良寛遺品　手まり（相馬御風記念館所蔵）
・竹久夢二画「カチューシャの唄」ジャケット
・御風宅玄関

■写真資料　提供者・協力者（敬称略）
・糸魚川市教育委員会（糸魚川歴史民俗資料館）
・森　鉄雄
・猪又儀門
・岡田　晋

出版にあたりご協力いただきました皆様に心より感謝申し上げます。

目次

はじめに

なみのおとききつつ雪を見てあれば
うつせみの世はゆめのごとしも　　御風

相馬御風が亡くなったのは、昭和二十五（一九五〇）年五月、今年、平成二十二年は、それから六十年になる。

この間、当然のことながら御風を取りまく環境は大きく変わった。昨年十月、長女の文子さんが他界し、御風の謦咳《けいがい》に接し、生前の御風を知っている人は少なくなった。世代交代と共に〝御風ばなれ〟が進んでいる。「御風」を「ぎょふう」と読めない若者もいるという。

しかし、このところ御風関係の出版が相次ぎ、御風再評価、御風顕彰の動きも起きている。糸魚川市教育委員会は、平成七年から『相馬御風宛書簡集』の出版を進め、平成十四年、第一集（歌人・詩人・俳人の書簡）、平成十八年、第二集（小説家・評論家・随筆家・劇作家・翻訳家の書簡）、平成二十一年、第三集（芸術家・芸能人・出版者・教育者・宗教家の書簡）、そして本年三月、第四集（学者・研究者・政治家・軍人・実業家の書簡）を出版した。

ここには、著名人二百九十人の二千六百七十二通の御風宛書簡が収録されていて、御風と著名人との広くて深い交流の様子を知ることができる。第三集収録の画家二十九人のうち、六人は文化勲章受章者である。先ごろ整理した資料の中に文子宛、川端康成の書簡もあった。

また、本年五月、『相馬御風遺墨集』が出版された。「図版篇」（五三二頁）と「資料研究篇」（一八二頁）の二分冊。かつてない本格的な遺墨集である。出版は好評で、予約、限定数は早々に売り切れた。

こうした動向の中で、御風の実像が徐々に知られるようになってきている。――若い時の竹久夢二との交流、石川啄木が御風に〝一目置いた〟こと、あるいは、北大路魯山人が御風宅を三回も訪れて、御風に手作りの料理を供したことなど。

最近、魯山人や荒川豊造の陶器に、御風が絵付けしていることも分かった。

――今回、この人物小伝シリーズ「相馬御風」によって、御風と御風の事績が、より広く、より多くの人に知られるようになってほしい。

一カ月遅れの命名

明治十六年相馬徳治郎出生小児へ名付書
名儀　相馬徳治郎　長男
幼名　昌治
明治十六年　癸未《みずのとひつじ》八月
　小林嘉太郎　撰
一、白絽頭巾《はくろずきん》　壱ツ　のし包
一、鮮魚　一籠
但　小かれ（い）一枚　小たい　弐枚
右相添へ遣す事

相馬御風《そうまぎょふう》・昌治は、明治十六年（一八八三）七月十日夕刻、新潟県糸魚川《いといがわ》町大町五十二番地で生まれた。

父・相馬徳治郎（三十五歳）、母・チヨ（二十五歳）の長男。一

親不知・子不知

人っ子である。

糸魚川は、新潟県西端の町。西に白馬《しろうま》岳、朝日岳などの北アルプスが、南には、雨飾《あまかざり》山や焼《やけ》岳、さらに妙高山、火打山《ひうちやま》などの頸城《くびき》アルプスの山々が連なる。北は日本海。冬は怒涛逆巻き、凪《な》いだ日には西に能登半島が、東にはまれに遠く佐渡島を望むことができる。

この地方は、古くは「西浜《にしはま》」と呼ばれ、日本海に流れ込む七つの河川は「西浜七谷」といわれた。その七谷の一つ、姫川河口東部に開けたのが糸魚川の町である。北陸道の宿場町であり、「塩の道」の起点、海産物を商う町であった。

その歴史は古く、「古事記」の奴奈川姫《ぬなかわひめ》と大国主命《おおくにぬしのみこと》の「妻問い」の歌謡はよく知られており、「沼名川《ぬなかわ》の底なる玉」ヒスイが採れたのはわが国で、ここ糸魚川だけである。

西の県境には、歌枕として名高い天下の険「親不知《おやしらず》・子不知《こしらず》」があり、関所の町市振《いちぶり》で、芭蕉は「一つ家に遊女も寝たり萩と月」と詠んだ。

古来、多くの人や物が、この北陸道を東から西へ、西から東へと往来した。

数年前、糸魚川市本町の加賀の井酒造・小林家文書の中から御風の「命名書」が発見された。

御風の出生は七月だが、命名書の日付は八月、出生から一カ月遅れている。

命名書の「昌治」には振り仮名がなく、「ショウジ」と音読みするのか「まさはる」と訓読みするのかが分かっていない。

薄幸な母チヨと祖母キセ

昌治の出生は、相馬家の初子の長男として祝福された。しかし、母チヨは、出産とともに「ひどい急性腎臓炎に冒され」た。そのた

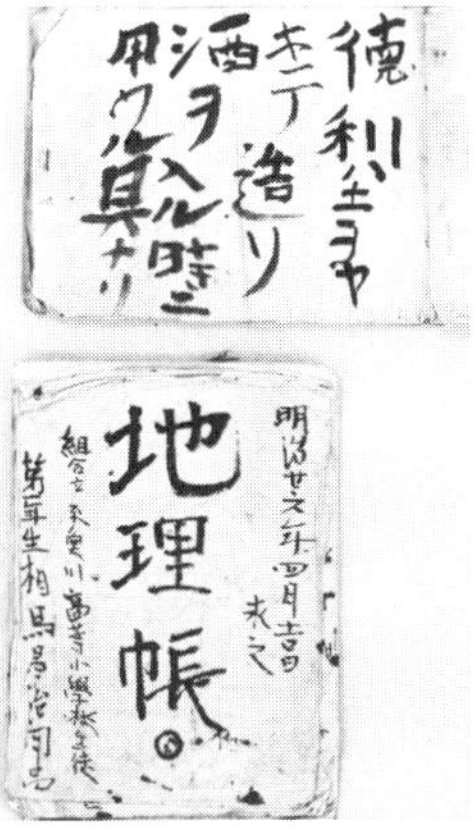

小学生時代の地理帳

糸魚川海岸

め、母乳を飲ませることができず、赤ん坊はすぐに母親から離され、「もらい乳」と「乳母」によって育てられた。

――母親のチヨは、わが子を抱くことができず、御風は、母の懐を知らずに育った。

御風の母チヨは、安政六年（一八五九）一月二十三日、能生《のう》町小《こ》泊《どまり》村（現在糸魚川市）五拾番戸、弐千六百五拾九番地の本山家で、本山某とキセの子として生まれた。

御風の「母のおもひで」によると、チヨは「蒲柳《ほりゅう》の質」、小柄でやせていて、病気がちだった。そして「無筆」だった。

しかし、機織りや裁縫、料理や畑作りは誰よりもよくできた人で、御風は、大人になるまで、母が作った着物以外着たことがなかったという。

本山家は、能生小泊漁港の山側にあって、屋号を「次郎右衛門」あるいは「じろよむ」といった。本山家の名は、小泊と浦本の漁師の間で繰り返された「カンザシ漁場」紛争文書の中にも出ている。

チヨの父親の名は不明だが、母親はキセという。キセは、夫に先立たれ、長男も亡くして、本山家と縁を切り、チヨを連れて実家に帰った。キセの実家は、能生町の「旅館」石井家。

その後キセは、糸魚川の相馬家の相馬重良左衛門の後妻となる。このとき、チヨを連れて相馬家へ入ったのである。チヨは九歳になっていて、自分の不幸な運命を意識するには十分な年であった。

祖母キセは、仏教信者で、孫の昌治を連れて、よくお寺参りをし、傍らに座らせて仏壇で読経したという。

宮大工の棟梁相馬家

つもる白雪サラリと解けて
春は太鼓の音から明けりや
若い力でせり合ふ神輿
稚児の舞ふ手に花が散る

天津神社、舞楽、陵王の舞

相馬家墓所

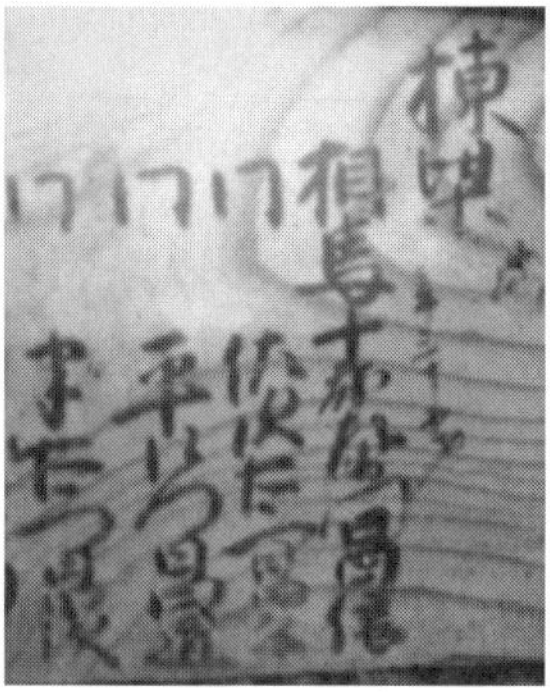

天津神社拝殿棟札

雪国越後の春の訪れを告げる〝けんか祭り〟を詠んだ御風作詞「糸魚川小唄」の一節。糸魚川の〝けんか祭り〟は、恒例の四月十日、天津《あまつ》神社境内で行われる。三月の初めから舞の練習が始まり、その笛や太鼓の音が、山里に春を告げる。

呼びもののけんか神輿《みこし》は、押上区と寺町区の男衆が、力の限り神輿をぶつけ合い、押し合いを繰り返す。勇壮な神輿の競り合いが終わると、一転して優雅な、国指定無形民俗文化財の稚児舞の奉納。時には桜の花びらの舞い散る中で、早春の日が傾くまで続く。

勇壮な神輿と優雅な稚児舞――この動と静が祭りの魅力である。天津神社の境内には、南に幄舎《あくしゃ》（楽屋）その前に石組みの舞台、正面に拝殿、その奥に本殿が、南北一直線に並ぶ。

この拝殿も本殿も、ともに相馬一族によって築造、改修されたものである。

相馬家は、代々寺社建築を業とし、江戸時代糸魚川藩の普請棟梁で、名字帯力を許されていた。

〈相馬氏墓誌〉

わが家糸魚川の地に住すること三百有余年、相馬姓を名のり佐兵衛、佐治衛門、重郎左衛門等を通称とせり。社寺建築の業を世襲し、又藩の普請棟梁たり。代々彫刻の技に長ず。この地方のおもなる古社殿堂宇多くわが一門の設計工作に成る。昌平・昌信・昌親・昌忠等最顕はる。徳治郎に至り家業を廃す。（以下略）

紀元二千六百年吉日

当主　相馬昌治誌

相馬家のルーツは福島県の相馬地方、という伝説がある。家紋は、この地方には珍しい〝繋ぎ駒〟——杭につないだ馬を図案化したもの。

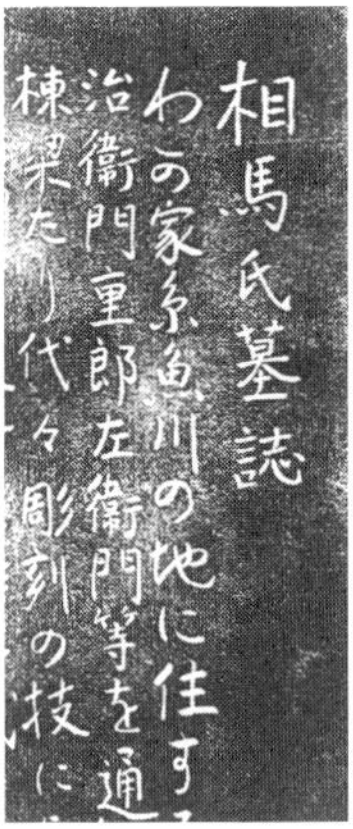

相馬氏墓誌

父・徳治郎、糸魚川町長に

御風の父徳治郎は、嘉永三年（一八五〇）十月二日、父相馬重良左衛門と、母つるの長男として生まれた。

父・徳治郎と長男・昌徳

はじめ家業の建築業を継ぎ、昌春といったが、数年で家業を廃し、町の「公事」（政治）にかかわるようになる。

明治二十二年（一八八九）、町村制施行による糸魚川町会議員選挙で当選、明治二十九年助役、明治三十四年（一九〇一）、一町二カ村――糸魚川町、柳形村、奴奈川村――合併後の町長に就任する。

徳治郎が町政に携わったのは、三十八歳から六十一歳までの二十二年間。この間、糸魚川町・西頸城地方には、天災人災が相次いで起こった。

明治二十三年六月二十五・二十六日、姫川の大水、明治二十五年二月に天然痘流行、同二十七年秋、赤痢流行、明治三十四年四月十七日、能生小泊村の「貧民一揆」。そして、町長就任三年目の明治三十七年八月、糸魚川大火が起こっている。

八月三日午後九時、新屋町から出火し、折からの西風に煽られて町の中心部を焼き尽くした。郡役所、小学校、警察署、税務署、郵便局などが焼失し、住宅四百七十三戸、納屋など七十一棟が全半焼した。

大火災は、七年後の明治四十四年にも起きた。四月二十二日午後九時三十分出火、折からの強風で火は一挙に燃え広がり、町の中心部を総ナメにした。このときは、町役場、警察署、正覚寺《しょうがくじ》、琴平《こんぴら》社《しゃ》、薫徳寺、観音堂などとともに相馬家も全焼した。焼失家屋五百三戸。

さらにこの年の六月、赤痢が猛威をふるい、十一人が犠牲になった。

徳治郎は、助役、あるいは町長として、これらの相次ぐ天災凶変に、寝食を忘れて対応しなければならなかった。

小学生の「友達条約」

昌治少年は、明治二十二年（一八八九）四月、糸魚川尋常小学校に入学する。そのころすでに、近くの正覚寺住職井伊直道について漢文を習い、町の人から手ほどきを受けて俳句や短歌を詠み始めた

短冊〝夕月の小夜の中山わけくれて佇む袖に散る松葉哉〟窓竹

右・御風、左・猪又儀作

という。〝窓竹《そうちく》〟と署名した当時の短冊がいくつか残っている。

少年は、やせていて小柄、見るからに弱々しい子どもで、「コンニャク」というあだ名がつけられた。

戦前の衆議員議員、初代糸魚川市長、同級生、中村又七郎の回想。

「彼（御風）は、算術や図画はヘタクソであったし、唱歌体操に至っては全くなっていなかった。彼は級中の悪童たちから苛め者にされ、しじゅうなかされていた弱虫であった」

しかし、昌治少年は尋常小学校を卒業するとき「品行端正学力優等」によって表彰されている。

糸魚川小学校は、町の西の端にあった。昌治少年の家は東側、そこから町の中心部を流れる〝城之川〟を渡って通学していた。

小学校三年生になったとき、見かけなかった少年に出会う。その少年の家は、昌治少年の通学路の途中だったので、よく一緒になり、二人はたちまち仲良しになった。

少年の名は猪又《いのまた》儀《ぎ》作《さく》。昌治少年より二歳年長で、西海谷の奥、南西海村来海沢の小学校から町の小学校へ進学してきたのである。

〈資料〉
一、「条約書」と「朋友中（仲）間条約」
二、儀作宛て御風のハガキ十三通。
三、儀作の妻の死を悼む御風の封書一通。
四、儀作の死を悼む長男宛て御風の封書一通。

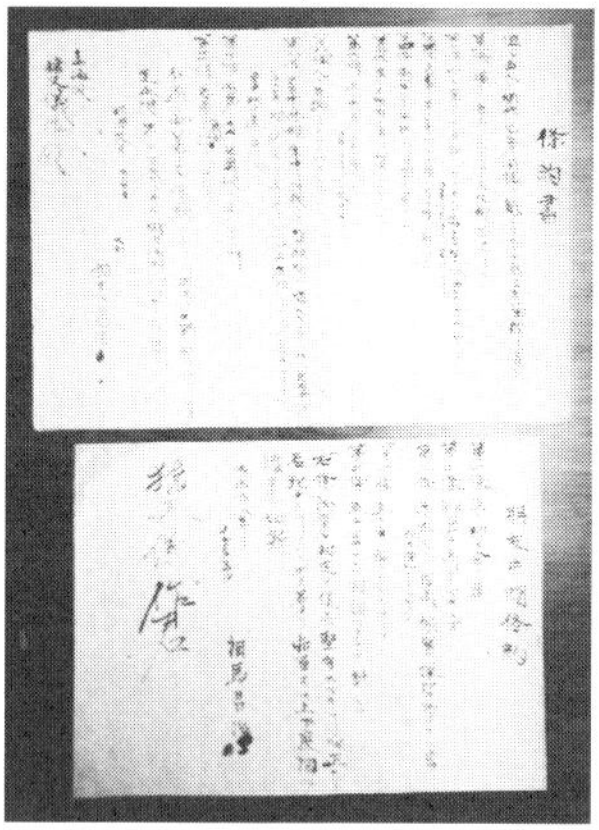

朋友仲間条約書（上・下）（個人蔵）

昌治少年は一人っ子で、いじめられっ子、儀作少年は転校生、お互いに友達が欲しかったのであろう。儀作は丸顔童顔だが、親分肌で気の強い人であったという。

数年前、この儀作と昌治少年の親交を示す貴重な資料が公表された。その中に昌治と儀作の間で結ばれた「条約書」がある。

〈条約書〉

但シ両人ノ間柄兄弟同様ニ親シクセンガ為左ノ箇条ヲ置ク

第一条　猥リニ悪名ヲ云フベカラズ　又軽蔑スベカラズ

第二条　少シノ事ニテモ争論スベカラズ　又人ノ讒言ヲ聞キ俄ニワカラザル内ハ怒ルベカラズ

第三条　吉事ハ共ニ喜ブベシ凶事ハ共ニ嘆《ママ》ミ救フベシ

第四条　両人中ニテノ不知ナル事ヲ聞キ合フベシ

第五条　共ニ不所有ノ者《ママ》貸シ合フベシ

第六条　互ニ悪事ヲナサバ諫ムベシ　又悪事アラバ人ニ聞カセ広ムベカラズ

第八条　人ト争論スルモツキ助ケ合フベシ

高田中学入学記念　中央・御風
（母の死後枕の下から出てきたもの）

第九条　（略）
第十条　病気ノトキハ見舞状ヲ送リ合フ事
第十一条　悪事悪放《ママ》ニ誘フベカラズ
（以下略）

条約は第七条が脱落しており、所々意味不明の個所や誤字もあるが、「条約」を書いたとき、昌治少年は十二歳であった。

旅立ち――高田中学へ

荷をせおひわらじをはきて少年の
われの歩きし伊呂子崎見ゆ　　御風

明治二十九年（一八九六）四月、昌治少年は、小学校を中退して高田中学校――現在の新潟県立高田高等学校の前身――へ進学する。昌治少年の〝旅立ち〟である。

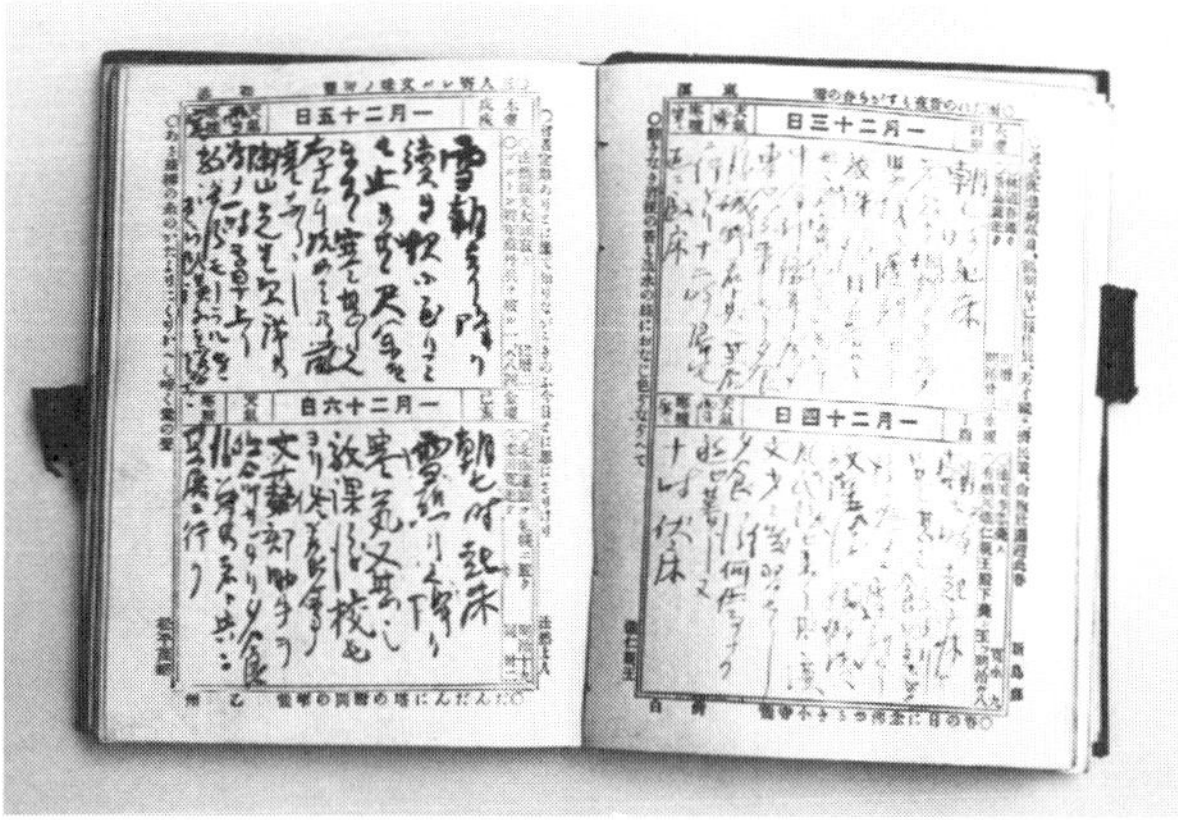

高田中学時代の日記

当時、糸魚川西頸城地方の人が中学校へ進学するには、上越市・高田まで行かなければならなかった。

糸魚川から高田まではおよそ五十キロ、北陸本線がなかったので、往き来は、徒歩か人力車か船を利用するしかなかった。そのため、糸魚川地方からの進学者は限られていた。

母親のチヨは、子どもの進学に反対だった。子どもの姿が見えなくなると捜し回り、見つけしだい家へ連れ戻した、という母親のことである。

しかし、父親は、あえて旅立たせることにした。〝かわいい子には旅をさせよ〟の親心である。

高田の下宿先は、「高田町大字新田区、飯田鉄五郎方」。この家は鍛冶屋。

二年生になったとき、友達の紹介で宿を替える。新しい宿は、上小町、現在の高田本町四丁目、「小川」という下宿。

三年生になって、また宿を替える。

新しい宿は、学校に最も近い高田城跡の入口「高田町中々殿、庄《しょう》

高田中学の友人と　左・御風

田直道《だなおみち》方」。

庄田家で古武士的訓育

庄田家は、下宿ではなく、家塾あるいは私塾だったという。家主の庄田直道は、通称伝次郎、落花軒といった。天保八年（一八三七）生まれ、明治四十二年（一九〇九）、七十五歳で没している。

直道は、兵法を修め、歴史を好み「藩の故実」に通じていて、後に『訂正越後頸城郡誌稿』編さんを成就させる。

また、「殖産興業」にも力を入れ、「女工場」や「百三十九銀行」などを設立、時の県令永山盛輝に「官林払い下げ」や「信越鉄道敷設」を建議するなど「識見人の意表に出る」ところがあった。

昌治少年の庄田家での生活は、朝六時に起床し、まず、堀の土手の湧き水を汲み、ランプの掃除から雑巾がけ、時には炊事の手伝いまでも、というものだった。

当時の昌治少年の日記

二月十三日　火曜日　晴　暖
朝例刻起床、校ニ登ル
放課後、銃槍ヲナシ
帰宿後、湯ニ行ク、夕食後代数ヲ復習ス
十時半　伏床
父ヨリ金五円送リ来ル

——後に御風は、この庄田家で「徹底した古武士的訓育を受けてその薫陶《くんとう》により、それまで脆弱であった心身に剛《ごう》気《き》精悍《せいかん》な気風を培われた」と述懐している。

母チヨ、無念の早世

・雑煮食ふ膳はあれども母はなし

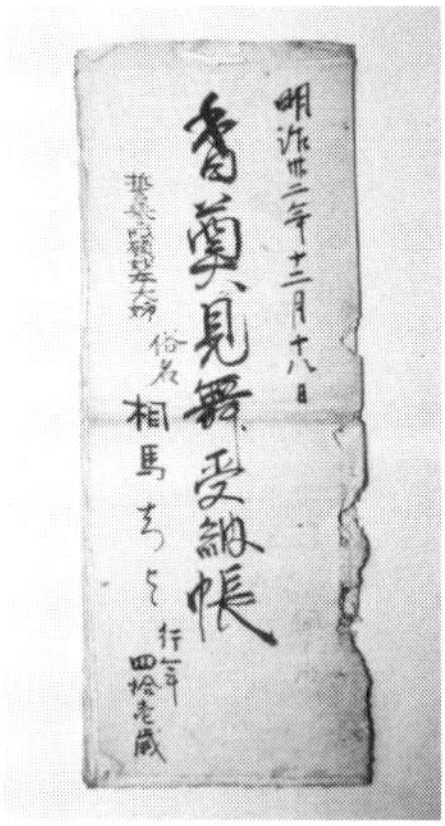
ちよ香典見舞受納帳

御風宅玄関

・魂あらばいざ来てめせよ雑煮餅

明治三十四年（一九〇一）十二月十七日、高田中学三年の師走、授業中、先生から「ハハキトク」の電報を手渡される。急いで宿に帰り、人力車に飛び乗って糸魚川を目指した。

海沿いの道は、北風が吹きすさび、日本海の荒波は、大きなビルが崩れかかるように地響きを上げて打ち寄せる。少年は寒さと不安で体を震わせながら母を呼び続けた。

夕暮れ近く、ようやく、能生町の母の実家に着くことができたが、能生川に架かる橋が出水で流されてしまっていて、通行止め。しかし、人夫の肩車に乗って、ようやく川を渡ることができた。

糸魚川の家に駆け込んだときはもう真っ暗、母は昌治少年を目にしてポロポロと大粒の涙を流すだけで、何か言おうとするが言葉にならず、握りしめようとする手にも力がなかった。

翌日の夕方、母チヨは息を引きとった。享年四十一歳。

――一人息子の将来を見とどけることのできない、無念の早世で

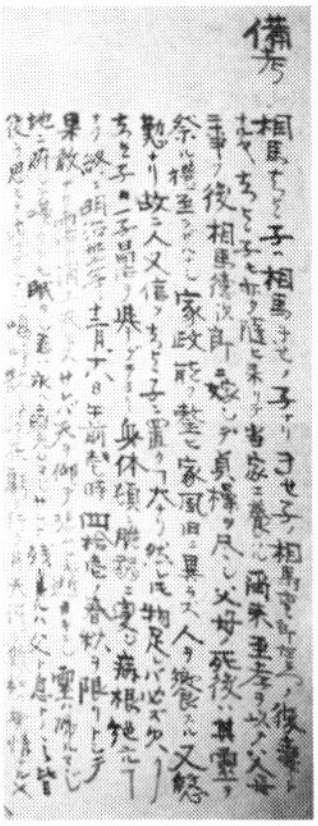
備考

ちよ香典見舞受納帳・備考

あった。

出棺のとき、雲が切れて青空がのぞいた。辺り一面は初雪で覆われていた。葬列は、先頭に高張り提灯、松明《たいまつ》、霊供《れいく》、香炉、そして柩と続き、柩のすぐ後には、青ざめた昌治少年が控えていて、野辺送りの人々の涙を誘った。

新学期が始まり、登校しても、勉強に身が入らない、何をしても寂しさは紛れない。

そんなとき、少年は三日に上げず、芝居見物に出掛けている。芝居見物でわれを忘れようとしたのであろう。一月十日（火）夜、二十日（土）、二十三日（火）、二十六日（金）、二十八日（日）、そして二月二日（金）。芝居見物は、高田の町ばかりでなく、直江津までも足を延ばしている。

歌の師、下村千別

母を失い孤独にさいなまれていた頃、歌の師、下村《しもむら》荧《ひかる》先生と運命的な出会いをする。先生が、短歌の勉強会に御風を誘ったのである。

下村は歌人。雅号を、千別《ちわき》・千輪城《ちわき》・千王伎《ちわき》などという。昌治少年は、先生の指導を受けて、本格的に短歌を詠み始める。

少年はそれまで、〝窓竹〟の号を使っていたが、この頃から〝御風〟をもっぱら使うようになる。これは、中国の詩人蘇東坡《そとうば》の「赤壁賦」から採ったものといわれ、「風に御す」あるいは「風を御す」という意。

中学校時代の歌を、卒業後まとめた手作りの歌集が「伊夫伎之狭《いぶきのさ》霧《ぎり》」。

縦罫の日記帳に毛筆で書かれ、表紙裏には〝我うたふ清き息吹きよ願はくばさ霧となりて此の世をおほへ〟と気負った歌が書き留め

下村荧　本籍北海道庁千島国紗那郡紗那村七拾番地、産地は佐賀県佐賀郡多布施村。明治三年（一八七〇）十一月生まれ。東京帝国大学を卒業、母校の第五高等学校国語科嘱託を勤めたのち、中頸城郡立中頸城中学校（高田中学）の国語科・歴史科の教師として、明治三十一年五月、赴任。

　明治三十五年一月三日、山口高等学校教授、明治三十九年（一九〇六）上京、日本女子大学で教鞭をとり、最後は広島高等師範学校で教師生活を終わる。大正十年八月、五十二歳で他界。

下村茨（千別）・短冊

られている。
収められている短歌は三百八十首。
先生との贈答歌には「住み慣れし高田の地を去る時　師の君下村千王伎先生（文学士）と涙ながらに歌よみかはしぬ」という詞書きがある。

・父母は幼き折りの事なりき
かなしき別れ今ぞ知りぬる　　千別

・まことさなりまして身に染む師のみ歌
母に別かれて涙脆き我　　御風

下村は、自分の関係する雑誌に、学生だった御風の執筆を勧め、御風も「白百合」に恩師の寄稿を求めている。「春うらら」と題された先生の歌の後に、御風の「木蓮花」二十五首が、並んで載っている。――この頃、歌壇では、下村よりも御風の方が知られていた。

〝出藍《しゅつらん》の誉れ〟である。

「私は文学を自分の生涯の道とするに到りましたのは、全く下村千別を中学校時代に得たおかげであります」

御風・短冊

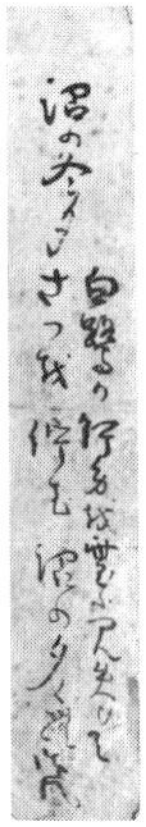

〝白鷺の行方を雪に見失ひてさつを佇む沼の夕くれ　御風〟

受験の失敗――進路の悩み

明治三十四年（一九〇一）六月、高田中学を卒業した御風は、旧制の第三高等学校（京都大学の前身）受験のため京都へ行く。三高を受験したのは、建築学を修めて相馬家を継いでほしい、という父徳治郎の意向によるものであった。

当時まだ、北陸本線がなかった。御風は、糸魚川港で乗船し、富山県の伏木港まで行き、高岡から列車で上京した。同級生の岡田甚英と一緒の予定だったが、御風の都合で、一人旅になった。

この時、猪又儀作に次のような手紙を書いた。

前略御免　小生去る六日、いよいよ故郷を辞し、七日午後六時、無事に着京仕り候間、他事ながら御放念《ごほうねん》被下度《くだされたく》候。入学試験は、来る七月三日より候へば、いずれすみて結果の分かり次第郷に帰るべく候。（以下略）

京都市上京区浄土寺町真如堂前八一
寺崎新策様方　明治三十四年六月十一日

これによれば、御風は試験の日より一カ月も早く京都へ行ったことが分かる。

試験の結果は不合格――。

しかし、当時の仲間や友人への手紙には、落胆している様子は少しもうかがえない。歌を詠むことに熱中していたので、当然の結果、と受け止めていたのであろうか。

父徳治郎は、「家」のため大学へ進学することを望み、下村先生は、あくまで「官学」を勧める。しかし、受験勉強をする気のない本人は、再度入試に挑戦する自信がない――。

受験に失敗した御風は、京都にそのまま滞在して、あちこち京都見物をしている。そして、一時「同志社」への入学を考えたが、真理の神を求める自分には、キリスト主義は合わないので、やめることにしたという。

友人の北村和喜造と御風（右）

あれこれ悩んだ末、叔父などの勧めもあって、とにかく「早稲田」へ進学することにした。何はともあれ、東京へ行きたいのだ、とこのときの心境を、高田中学の先輩川合直次に告白している。

――人生の岐路、進路の選択に悩むのは、今も昔も変わらず、御風とて例外ではなかった。

真下飛泉との交友、新詩社入会

こゝは御国を何百里
離れてとほき満州の
赤い夕日にてらされて
友は野末の石の下

よく知られている軍歌「戦友」の一節。作者は真下飛泉《ましもひせん》。この飛泉が、歌人相馬御風の誕生に大きな影響を与えている。

「私は初めて彼と相識ったのは、遠い三十年の昔、私の十九歳の

真下飛泉　本名滝吉、明治十一年（一八七八）京都府加佐郡河守町（現・大江町新町）生まれ。農家、和ろうそくの製造販売。

明治三十二年（一八九九）、京都府師範学校を卒業、京都府有済尋常小学校に就職。

明治三十六年、二十六歳、福田鷹子と結婚、翌年八月、詩集『戦友』を出版。

明治四十三年、校長。

大正十四年、京都市議会議員に当選。

大正十五年十月二十日死去。享年四十九歳。

真下飛泉

時であった。（中略）当時の私は彼と相識った事を、非常に大きな誇とさへ思ってゐた（後略）」

また、「田舎修業の私の歌に或る種のみがきをかけてくれたのも彼で、私にとっては生涯忘れることの出来ない恩人の一人である」と。

御風が飛泉を知ったときは、教職二年目の青年教師で、上京区新柳馬場の借家で、友人と自炊生活をしていた。しかし、すでに「文庫」や「よしあし草」、あるいは「明星」などに文章や詩を発表し、同好者の間では相当に名前の知られた文学青年であった。

この年の一月、明治三十四年、新詩社の与謝野鉄幹《よさのてっかん》などが出席して関西文学同好者新年大会が開かれ、それを契機に三月、飛泉の借家を事務所に「新詩社京都支部」が結成された。

御風は、飛泉に勧められて新詩社「明星」に入会し、いっそう交友を深めていく。

飛泉は、御風の歌集「春雨傘《はるさめがさ》」の表紙を描いてくれた。「春雨傘」は、手書き手作りの歌集。奥書は、表紙画・真下飛泉、校閲・与謝野鉄幹、製本・相馬御風、となっている。

佐佐木信綱訪問、「秀才文壇」に肖像写真

白鷺の行方を雪に見失ひて
猟夫《さつお》たたずむ沼の夕暮　　御風

御風は、明治三十四年十月、単身上京する。目的は、佐佐木信綱に面会し、指導を受けるためである。紹介者も予約もない、突然の訪問だったらしい。しかし、信綱は、何のこだわりもなく会って「竹柏会《ちくはくかい》」に入会させてくれた。

初対面の自分に親切にしてくれた先生に感激した御風は、

・情深き師のみ言葉に涙のみて
うき身の上をつひにかたりぬ　　御風

と詠んでいる。

佐佐木信綱　明治五年（一八七二）、三重県鈴鹿市生まれ。歌人、万葉学者。東京帝国大学卒業、竹柏会を結成、歌誌「心の華」（後「心の花」）を発行主宰、和歌革新運動の旗手として活躍。その後、東京帝国大学講師、万葉集校訂を成し遂げ、昭和十二年（一九三七）、文化勲章を受章。

「秀才文壇」表紙

「当選者肖像」右下御風、左上若山牧水

御風は、明治三十五年一月、下村先生と一緒に高田から上京し、竹柏会の新年歌会に出席する。そのとき詠んだ歌が冒頭の歌。この「白鷺」の歌は、雑誌「秀才文壇」の懸賞募集でも一等に入選する。そして「当選者肖像」として御風の写真が掲載される。このとき一等に入選したのは、若山繁、相馬御風などの四人。若山繁はいうまでもなく後の若山牧水《ぼくすい》。牧水は九州宮崎の出身。何の関係もなかった二人の青年が、偶然ここで肩を並べることになった。

雑誌「秀才文壇」は、明治三十四年、東京の文光堂から発行された投稿中心の文芸雑誌。

竹柏会の新年歌会に出席した御風は、下村先生に同行して、再び京都へ行き、飛泉など関西の歌人たちと交流し、京都の仲間たちに注目される。

川合直次・吟風に宛てた手紙で、最も見るべきは「明星派」だといい、歌誌を見るなら「〝文庫〟か〝明星〟です、他はいけません、一般に活気が乏しいです」と書いている。歌壇の趨勢《すうせい》は「明星」に向かいつつあることを的確に見通していたようである。

「春雨傘」表紙、真下飛泉画

上京、「早稲田」に入学

明治三十五年春、御風が「早稲田」へ入学するため、京都から上京したとき、飛泉に宛てて次のような手紙を書いている。

汽車の窓より顧みた時の僕、京の山のやさしげな姿を見て、つくづくありし昨日の夢をくりかへし、兄の情深き御言葉やら楽しかった散歩事やら、川中君との談話やら無邪気な、近子君や郁ちゃんの事やら何やかや、僕の胸中ハ糸の如くに乱れました。（中略）あゝ僕ハ西の京で一人の兄弟情深い兄様に遇ふたのだ。近子様と郁ちゃんの事ハ忘れません何分よろしく願ひます（後略）

曇る空をながめつゝ牛込の田舎にて

三月二十一日

飛泉兄様　　御風

「早稲田」入学当時の御風

文中「近子君」の「近子」は、「千賀子」が正しく、千賀子は飛泉夫人鷹子の妹、当時十三歳、「郁ちゃん」はその弟。二人は飛泉の宿へよく遊びに来ていて、飛泉のもとに集まる青年たちのアイドルだった。御風も、千賀子に淡い恋心を抱いていたのかもしれない。

千賀子はその後、京都の新聞社の美人コンクールで選ばれ、〝祇園の夜桜〟とうたわれた。

御風は東京専門学校へ入学したときの様子を飛泉に次のように告げている。

明日あたり与謝野様の所へ行かうと思って居ます。

早稲田ハ本日参りました所　難なく入学を許可されました。始業ハ来月の七日からです。（後略）

（明治三十五年三月二十一日付）

御風が入学した「早稲田」は、「専門学校」の高等予科で、まだ、大学ではなかった。

学校は、松やケヤキの森の中にあり、校舎は木造、付近のあちこ

与謝野鉄幹・晶子夫妻

ちには、わら屋根の農家もあり、早稲田名物の「ミョウガ畑」も広がっていた。

あこがれの東京の学校も、田舎の高田中学と、さして変わっていなかった。

同じ学年には会津八一《あいづやいち》が、一級上には先輩、小川未明《おがわみめい》がいたが、交流はなかった。講義もあまり面白くない。味気ない学校生活の中で、図書館にこもるのが唯一の慰めだった。

しかし、それも一時のことで、持ち前の粘り強さを発揮する。優秀な成績で進級し、新詩社では〝同人〟として「明星」に短歌や長詩、新体詩、それに翻訳などを次々と発表する。

当時新詩社は、東京の同人の間で〝小集〟という勉強会を開いたり〝社友〟の間で回覧雑誌を作っていた。御風はその編集の任にあたり、積極的に活動する。小集会は「相馬氏宅」で開かれることもあった。そこへ、高村光太郎なども出席して、文学を論じたのである。

石川啄木
（写真／石川啄木記念館）

御風に一目置いた石川啄木

明治三十五年（一九〇二）十一月、御風は新詩社の集会で、石川《いしかわ》啄木《たくぼく》と初めて会うことになる。

今日は愈々《いよいよ》そのまちし新詩社小集の日也。一時夏村兄と携へて会場に至れば、鉄幹氏を初め諸氏、すでにあり。（中略）

集まれるは鉄幹氏をはじめ平木白星氏、山本露葉氏、岩野泡鳴《いわのほうめい》氏、前田林外《まえだりんがい》氏、相馬御風君、前田香村君、高村砕雨《たかむらさいう》君、平塚紫袖君、川上桜翠《かわかみおうすい》君、細越夏村《ほそこしかそん》君、外二名と余と都合十四名也。雑誌は相馬君、川上君、前田翠渓（欠）君等にて編輯することゝなり。その他の件もそれぞれ決したり。（中略）

鉄幹氏は想へるよりも優しくして誰とも親しむ如し。相馬氏の風貌想ひしよりは荘重ならず、平塚氏のみは厭味也。（中略）

あゝ吾も亦この後少しく振るふ処あらんか。小集のかへり相馬御

「新詩社」小集会、後列右から二人目・御風、左から二人目・与謝野鉄幹

風兄と夏村兄と三人巷街に袖をつらねて散歩す。（後略）

（『啄木全集』昭和三十六年十月・岩波書店）

これは、御風と会ったときの「啄木日記」。

石川啄木は、盛岡中学在学中から新詩社の社友になっていた。御風の入会一年前のことである。

啄木は、この年の三月、譴責《けんせき》処分を受け、修学、卒業の見込みがなくなり、十月、「家事の都合」を理由に中途退学し、窮境打開のため初めての上京であった。

興味深いのは「相馬氏の風貌想ひしより荘重ならず」という表現。御風二十歳、先輩とはいえ、その風貌が「荘重」であるとは考えられないが、啄木は「明星」に載る御風の作品を通して、御風を立派な顔立ちの人だと想像していたのであろう。

また、この短い文章の中で、御風の敬称が「君」「氏」「兄」とそれぞれ異なっている。ここにも御風に対する啄木の微妙な心理が反映している。

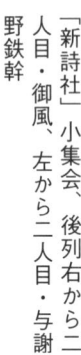

早稲田大学文学科第二回卒業記念
前列右から四人目・御風

集会後、啄木、御風、夏村の三人は、一緒に帰った。

ところが御風は、啄木について、「私は直接彼と会談したことはなかった。（中略）何かしら忙しく校正している彼を見かけた。しかしついに一度もお互い言葉を交さずに終った」（「野を歩む者」・三巻三号）と、集会で啄木と会い一緒に帰ったことを、すっかり忘れてしまっている。そのとき「白蘋《はくひん》」と名乗っていた彼が後の啄木と繋がらなかったのかもしれない。

『啄木全集』には、二人の関係を示す記述がいくつか出てくる。

啄木の林外に宛てた御風の作品の感想。

「～この巻にて、相馬氏の『二つの鐘』三度くり返し低誦いたし候、誠に有難き作と存じ候」（明治三十八年十二月四日）

「二つの鐘」は、同年十二月号の「白百合」に載った御風の七連の新体詩。

また、明治四十一年五月二十一日の啄木日記には、次のようにある。

「寝てから御風訳の〝その前夜〟を半分程読む。どの人物も、ど

御風宛て竹久夢二の絵手紙（個人蔵）

の人物も、生きた人を見る如くハッキリして居る書振り！　予は巻を擲って頭を掻きむしった。心悪きは才人の筆なる哉」

『その前夜』は、明治四十一年四月、内外出版協会から発刊された御風の翻訳。「予は巻を擲《なげう》って頭を掻きむしった」は、御風の文章の巧みさに〝参った〟ということであろう。

日記には、また「発信――相馬御風君へ」という記述や、アドレス欄に「小石川高田豊川町二八　相馬御風」という記録もある。

明治四十五年（一九一二）四月十三日、啄木は二十七歳の若さで亡くなった。

翌、大正二年、啄木の一周忌の追悼茶話会に出席した御風は、啄木追悼のことばを述べた。

そこで御風は、明治以降で一番好きな歌人は啄木で、特に「一握の砂」や「悲しき玩具」は、机辺《きへん》を離さない愛読書だといっている。

そして、啄木の歌は、「刹那《せつな》に移り行く生命の愛惜の為めの詩」であり、「二千年の永い間貴族の専有に帰して居た我が三十一字詩を、苦しい実生活の泥にまみれた平民の手に引き下ろした日本最初の歌人である石川啄木君を私は賛美する」と述べている。

雑誌「白百合」の編集

明治三十六年（一九〇三）十月、御風は、前田林外と「新詩社」を退会して「東京純文社」を興し、雑誌「白百合」を発行する。

林外の「明星」脱退の真相はよく分からない。御風の動機は何だったのか。御風は、そのことについて何も語っていないが、先生の元から独り立ちし、歌人として認められるチャンス、と考えたのかもしれない。

林外は「明星」新詩社の中心的詩人、泡鳴は有力な寄稿者、そして御風は「明星」派のホープであった。この詩人たちが、そろって新詩社を脱退し、新しい雑誌を創刊したことは、さまざまな憶測を生んだ。

与謝野鉄幹は「明星」の明治三十六年十一月号「社告」で、その

「白百合」表紙

「白百合」 四六判二段組み、三十五ページ、定価十三銭。明治三十六年十一月創刊、同四十年四月、全四十二冊で終刊。発行は東京純文社。

ことに触れている。

「十月を以って前田林外、相馬御風の二氏一身上の都合にて退社せられ候。（中略）氏（林外）は、御風氏等と共に本月より雑誌「白百合」を発刊せらる、由、同誌上に於て益々情熱に富まる、氏の新作を読むことを得るは幸に候」（後略）。

また、注目されるのは、同じ文章の後半に「爾後《じご》同人中に加はられしは、山形林蔵君（伯耆《ほうき》）石川白蘋君（陸中《りくちゅう》）磯野良策君（筑前《ちくぜん》）等に候」とあることで、御風が脱退したことと、啄木が同人に加わったこととが、あたかも二人が「交代」したかのように報じられていることである。

「白百合」の同人は、前田林外、岩野泡鳴、相馬御風、それに画家の岩田古保の四人。当時林外は四十四歳、泡鳴は三十三歳、御風は二十一歳で学生だった。

創刊号の「檄《げき》」によると「鄙俚軽佻《ひりけいちょう》」はなはだしい近時の傾向を

非難し、趣味の高華と理想の深遠な文芸の「革新」を求めている。

また、「純文社規約」には、「欧西文芸の翻訳と紹介」、詩や短歌の「創作と批判」「絵画・音楽の研究」などを挙げており、「文芸雑誌」の枠を超えた編集意図をもっていたことがうかがえる。

同人の一人岩野泡鳴の回想によると、「白百合」の発行資金は、初め、同人が月十円ずつ出資していたが、やがて経営が軌道に乗って、五円の負担になったという。学生であった御風は、この分担金を、郷里の父親に無心した。

同じ回想でまた泡鳴は、「分担としては前田氏が会計、僕は評論、相馬氏は短詩の選をした。（中略）実際の勢力は恐らく最も若い相馬氏に在ったろうと思はれる」と述べている。

前田林外

歌集『睡蓮』の出版

御風の初出版は、歌集『睡蓮《すいれん》』である。明治三十八年（一九〇五）

『睡蓮』表紙

十月、二十二歳、学生の時であった。

「白百合」の明治三十八年四月号の「社告」には、「相馬御風氏の詩集『ひつじぐさ』は和田英作氏の絵画を添へ遠からず本社より出版すべし」――近刊予告・定価未定、となっている。ところが、翌、五月号の同誌社告では、「相馬御風氏の詩集『ひつじぐさ』は都合により『睡蓮』と題することになりたり」と書名の変更が告げられている。

「ひつじぐさ」は、未《ひつじ》の時刻花を開くことからの名で、「睡蓮」は、その漢名である。和名を漢名に改めたのである。

十月、『睡蓮』が出版された。「白百合」の広告には、次のようにある。

　わかき詩人が清き胸の泉に咲き出でし花の万朶《ばんだ》「睡蓮」とはゆかしき名ならずや。収むる所　短歌数百首いづれか誦する人の胸ふかくしまざる。うちにもゆるが如き情熱をこめて、おもてにやさしき花とゆらぐは御風の詩なり。

題字は真戒師《しんかいし》。病気の御風の枕元でいろいろ話し相手になってく

片上伸宅にて、左端・御風

れ、目白僧園の雲照律師《うんしょうりつし》の教えを受けるきっかけをつくったのが、この真戒で、雲照の愛弟子である。

『睡蓮』は、「花守」「薄の花」「夢つばめ」「乱れ香」「草笛」「天上の春」の六編。合計三百四十二首の短歌が収められている。

「白百合」に載っている御風の歌についての批評。「年少気鋭、詩の道に於いてはつとに卓として樹立する所」があり、「白百合」創刊後は、「霊妙なる彩筆を揮ひ」「繁茂せる才藻《さいもう》もて鬱勃《うつぼつ》たる客気を帯びて短歌壇に立ちしは、確に昨年の異観としてみるべきか」と御風の才能、作品を高く評価している。

『睡蓮』は自費出版。初め七百部、百十八円八銭かかったが、全額、父から出してもらった。好評で、版を重ねた。

『睡蓮』には、「乳母」キクの死に際しての連作「あゝわが郷なる乳母は逝きぬ」と詞書きのある鎮魂の十首も収められている。母親チヨが死の床に就いたとき、乳母キクを枕元へ呼び寄せ、「昌治を頼む」と言い残したという。

・とむらひのむれは泣く子の手をも引きて

今し雪つむ門べ出づらむ
――御風は、この泣きくれる子どもの姿に、かつて母を亡くした時の自分を重ね合わせているのである。
なお、東京帝国大学教授アーサー・ロイドがこの『睡蓮』から十四首を選んで英訳し、アメリカの雑誌に発表した。

「都の西北」早稲田大学校歌の作詞

都の西北早稲田の森に
聳ゆる甍はわれらが母校
われらが日ごろの抱負を知るや
進取の精神学の独立
現世を忘れぬ久遠の理想
かがやくわれらが行く手を見よや
　わせだ　わせだ　わせだ　わせだ

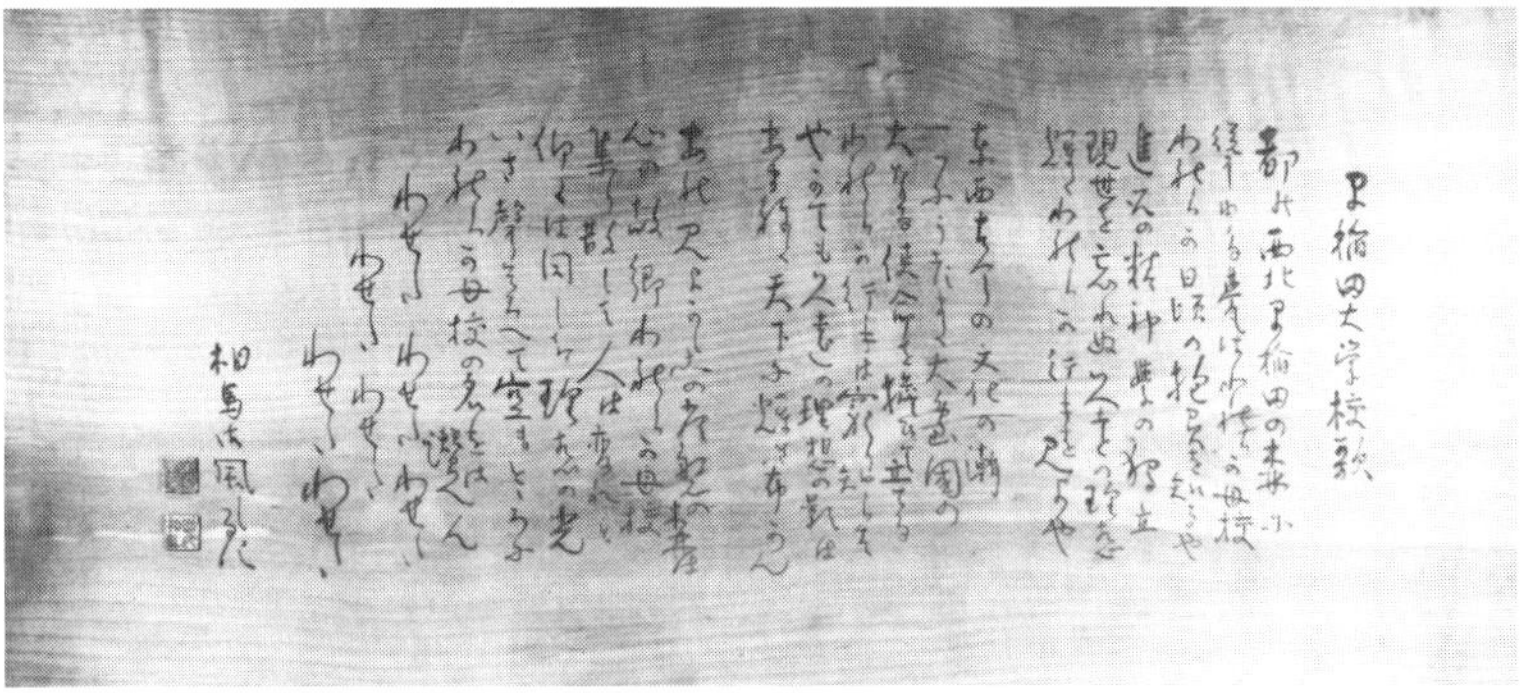

早稲田大学校歌・木彫り

わせだ　わせだ　わせだ

早稲田大学は、明治四十年創立二十五周年を迎えた。これを記念して校歌制定、式典の挙行が計画された。

前年九月、「大学は今回左の条項によりて校歌を募集す」として全学から歌詞を募集した。しかし、集まったものの中に「本学が認めて、校歌とするに足る」ものがなかったので、審査員の坪内逍遥《つぼうちしょうよう》と島村抱月《しまむらほうげつ》は、適当な人に作詞を依頼することにした。その作詞者に選ばれたのが、相馬御風だった。

多くの俊秀《しゅんしゅう》の中から御風が指名されたのである。

御風は、あらためて当局から作詞の条件を聞き、すでに作曲者に指名されていた東儀鉄笛《とうぎてってき》に相談して、英米の大学校歌を調べ、レコードを聴き、想を練った。御風は、大久保の坪内逍遥邸、牛込の島村抱月宅、戸塚の東儀宅に何度も足を運び、〝斎戒沐浴《さいかいもくよく》〟、寝食を忘れて作詞に没頭した。

こうして約束の十日間、心血を注いだ八七調の「荘重にして雄《ゆう》

式典当日正装の御風

渾《こん》、爽快にして明朗」な歌詞を作りあげた。

草稿を見た坪内先生は一読して絶賛、特に三番の「心のふるさとわれらが母校」の句を称揚したという。そして、各節の終わりに「わせだ、わせだ」のエールを付け加えることにして歌詞が確定した。

発表は、式典の当日、陸軍音楽隊の演奏に合わせて、全学の教授、学生、関係者の大合唱となった。式典に列席していた御風は、感激のあまり思わずむせび泣いたと伝えられている。


後年御風は、校歌の作詞について、次のように述べている。


校歌「都の西北」はまた私にとっては校歌の処女作であった。爾来今日に至るまでに私は百数十編の校歌団歌を作ったが、処女作としての「都の西北」はやはり一番なつかしい。

うたわれる歌は歌詞そのものよりも、それをうたふ人々の意気と熱情如何（中略）作歌者たる私の力であるよりも（中略）

校友学生諸君の意気と熱情である。

連勝の早稲田健児がうたふなる
校歌の声はわれを泣かしむ　　御風

鳴鶴の娘、テルと結婚

春の磯二人あゆめば夕映えは
砂に黄金《こがね》色の道つくりけり　　御風

明治四十年（一九〇七）十二月、御風は、藤田茂吉《ふじたもきち》・鳴鶴《めいかく》の二女テルと結婚する。

式は、内輪の質素なもので、田舎の父徳治郎も出席していない。

媒酌人は、小石川警察署長・壱岐寛《いきひろし》。保証人は、後に総長、文部大臣になった高田早苗《たかださなえ》。父方の保証人は、叔父の松沢猪之吉《まつざわいのきち》、青海

藤田テル・見合写真

結婚写真・御風とテル

町須沢の小学校校長。

テルの父藤田茂吉は、嘉永五年（一八五二）、大分県南海郡佐伯村（現・佐伯市）に生まれ、号を鳴鶴といった。慶應義塾に学び、その学才を福沢諭吉に認められ、その推薦で「郵便報知新聞社」に入り記者として活躍、「自由民権」の論陣を張って名記者の名を欲しいままにした。

その後、東京府議会議員になり、犬養毅《いぬかいつよし》や尾崎行雄《おざきゆきお》らと立憲改進党の結成に参画し、明治二十三年、第一回総選挙で衆議員議員に当選した。しかし、その二年後、病気で急死する。享年四十歳。

藤田家は、東京の京橋、日吉町にあった。その辺りでも珍しい門構えの邸宅で、「殿堂めきたる湯殿」や「堅牢無比」な立派な土蔵があった。

しかし、茂吉の死後、豪邸は人手に渡りテルの境涯も一変する。

母スズは、三歳のテルら四人の子どもを連れてスズの実家、祖父の元へ身を寄せたが、その母もテル十歳のときに亡くなってしまい、祖父も他界して、以後、テルは叔父によって養育された。

右・御風、中・テルと昌允、左・徳治郎

テルは、明治二十二年（一八八九）九月五日生まれで、結婚したとき十八歳。日本女子大学英文科に在籍する学生であった。新居は、東京小石川区雑司ケ谷の借家。

翌年の春、御風は新妻テルを伴って、一人住まいの父徳治郎の待つ糸魚川へ帰郷する。そのときの様子を真下飛泉に「愚妻が父と始めての事とて父の喜び非常のものにて、生れて寂しさになれ来りし家庭、此度ばかりは十幾年ぶりの賑やかさを見申し候。（後略）」と書き送っている。

——一人っ子の長男の結婚を喜ぶ父、その喜びはまた「我が喜び」であった。

「口語自由詩」の提唱

今日、詩といえば、いわゆる「自由詩」のことをいい、五七五の

詩界の根本的革新

御風

前號の社論に於て、今の我が新詩人の多くは、自ら欺きつゝ、作詩をつゞけて居りはせぬかと云ふ疑問を呈した。その心で考れば考へる程自分の疑が深くなつて来た。でこゝに再び前號に於て發した疑問を繰り返して、わが詩界の反省を促さうと思ふ。

抑も今のわが新體詩人諸子は、眞に自ら滿足して詩を作して居るかどうか、これが心からの疑ひである。言ひ換へれば、今のわが詩界は、現在試みつゝある形式を以て、眞に自己の抱懐を托するに足るべきものと思うて居るかどうか。詩人自らの赤裸々にして僞らざる返答を聴きたいものである。無論、自然主義と稱し、象徴主義と聞ひ、詩界自らに於て、種々なる革新が主張されて居るのは、吾人と雖も、之れを認めて居る。しかし、それが眞に詩人自らが、滿足し得る革新であるか、どうか。即ちしかくして眞に滿足し得る新形式を發見し得るものと信じて居るか、どうか。こゝにも大きな疑問がある。

自分は、前號の社論に於て、新體詩は起原から誤つて居つたのだと云つた。名は新體詩だが、實は舊體詩だと云つた。[illegible]

「早稲田文学」目次「詩界の根本的革新」

リズムをもった伝統的俳句や短歌、いわゆる「定型詩」と対称される。

用語が日常使用している口語で、五音、七音といったリズムをもたないのが「口語自由詩」、その誕生に大きな役割を果たしたのが相馬御風であった。

明治四十年三月、御風は、「早稲田詩社」を、三木露風《みきろふう》や野口雨《のぐちう》情《じょう》らとともに結成して、詩歌革新運動を開始する。

明治四十一年（一九〇八）二月号の「早稲田文学」に、御風は「自から欺ける詩界」を発表する。問題は「内容と形式の分裂」にあり、「詩界に於ける真の革命」は、その形式を破ることで、「自由に自己中心の声さながら」に詠うことにある、というものだった。

次いで三月号の「詩界の根本的革新」で、具体的に次の三点を提起した。

第一、詩の用語は口語であること。

第二、旧来の詩調を破壊すること。

二葉亭四迷のロシア渡航歓送会
前列右から三人目・四迷、五人目・坪内逍遥、後列左から二人目・御風

第三、行（ライン）と連（スタンザ）は自由であること。

当時、詩はあくまで「雅言」というのが一般的である中で、現代人の情緒は、現代人の日常談話の言葉・口語を用いなければ表現できない、というのが御風の主張である。

また、用語は口語を用いたとしても、その調べ（リズム）が旧来の五音や七音にとらわれていたのでは、現代人の情緒を自由に表現することができないし、調べが自由になっても行の長さや、連の行数に制約があってはならない。新しい詩は「内より出でて外に形を為す」という詩歌発生の原初に立ち返るべきだ、と。

同時に発表された「『有明集』を読む」では、蒲原有明《かんばらありあけ》の詩は、「常に知の鑿《のみ》で彫んでしまって」いる、有明は新体詩の「最後」の勝利者であり、今や「全く新しい詩の起るべき時期」が来たのだ、と述べた。

革命的な御風の主張に対して、さまざまな批判、非難が起こった。

東京帝国大学の文芸雑誌「帝国文学」記者は、詩形には「絶対的自由」などというものはなく、「詩歌の形式は、リズムの調和を破

早稲田大学研究生と教師、前列左から四人目・御風、五人目・抱月

らざる限りにおいて最も主観と一致する形式」でなければならない、と批判した。

御風は、これらの批判に応えて明治四十一年「早稲田文学」五月号に、実践的試作「瘦犬《やせいぬ》」を発表した。

瘦犬

焼けつくやうに日が照る。
黄色い埃《ほこり》が立って空気は咽《む》せるやうに乾いて居る。
むきみ屋の前に毛の抜けた瘦犬が居る。
赤い舌をペロペロ出して何か頻《しき》りと舐《な》めずって居る。
あゝ厭だ。

「帝国文学」の記者は、「吾等をして忌憚《きたん》なく語らしむるならば、これは詩歌たり得べからざるもの」で、「散文的の内容と形式とを以て『見る詩』を作るが如きは詩人の恥辱である」と述べている。

しかし、御風の一連のこの口語自由詩の提唱とその実践は、「まことに颯爽《さっそう》とした風格」をもっており、以後の日本近代詩の流れは、御風の提唱と実践に沿って大きく転換することになった。

　そして、「痩犬」一編もまた、日本の近代詩史の上で記念すべき作品となっている。

二人の師、逍遥と抱月

　御風が生涯「先生」と呼んだ人は多くない。その数少ない先生が、坪内逍遥であり、島村抱月である。二人はともに早稲田大学の学問の師であると同時に人生の師でもあった。

　御風が逍遥の講義を受けたのは倫理と英語。「早稲田の汚い講堂」で、「モグモグとお口を大きく動かされ、誰よりも先に先生自身が感じ入っておいでになったようなあのころの先生」と回想している。

　もう一人の先生――島村抱月。

　抱月の講義を受けた御風は、卒業後、第二次「早稲田文学」の編

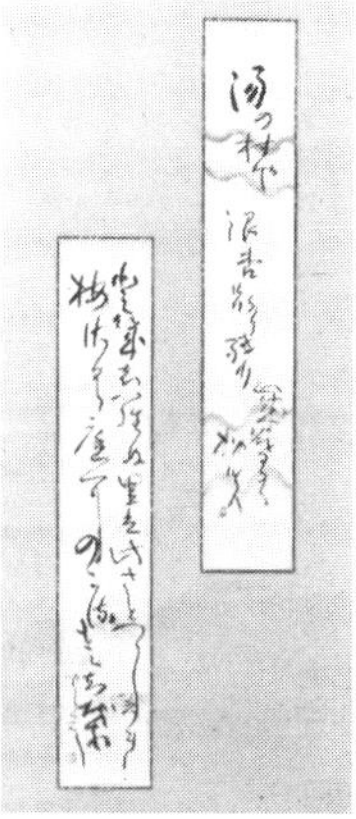
坪内逍遥・短冊

坪内逍遥　本名雄蔵。安政六年（一八五九）岐阜県美濃加茂市生まれ。
　東京帝国大学文学部卒業。東京専門学校・早稲田大学の講師。
　明治十八年（一八八五）、小説の価値観を変えたといわれる『小説神髄』を、そして『当世書生気質』を出版。明治二十四年、第一次「早稲田文学」を創刊。明治三十九年、文芸協会を設立、会長となる。
　大正二年、会長を辞任して文芸協会を解散。熱海に「双柿舎」を建築。昭和十年（一九三五）、喜寿を迎えて逝去。

集部に入る。

　編集部は、抱月宅にあって、「雑誌の編集部と云ふよりも、むしろ学塾と云った方が適当」な所で「味はひの豊かな」先生の話を聞くのが、「実の入ったレクチュア」だったという。

　明治四十二年四月、文芸協会は、演劇研究所を坪内逍遥邸内に建て、研究生を募集する。合格者十二人、この中に小林正子、後の松《まつ》井《い》須磨子《すまこ》がいた。

　文芸協会の第一回公演は、明治四十四年五月、帝国劇場で逍遥演出の「ハムレット」。ハムレットは土肥《どい》春曙《しゅんしょ》、オフェリヤは須磨子。また、文芸協会の試演場完成披露公演は、抱月訳・演出の「人形の家」。このときノラを演じたのも須磨子である。

　こうして、須磨子は、ますます才能を発揮し、「全くの素人」が、またたく間にスターになってしまった。その基をつくったのが逍遥であり、それを「仕上げた」のが抱月だった（『坪内逍遥』福田清人・小林芳仁─清水書院）。


島村抱月　本名瀧太郎。明治四年（一八七一）島根県那賀郡久佐村（現・浜田市）生まれ。二十一歳、検事島村文耕の養子となる約束で学費を支給され、東京専門学校文学科に学ぶ。

　二十五歳、文耕の縁者、島村龍蔵二女いちと結婚。

　明治三十五年（一九〇二）三月、東京専門学校留学生として英・独に留学。オックスフォード大学、ベルリン大学に学ぶ。三十八年フランス、イタリアを経て帰国。十月、東京専門学校文学科講師、美学、近代英文学史、文学概論などを講義。

やがて、逍遥と抱月の演出・指導の違いが表面化し、抱月の指導が優先されるようになり、スターになった須磨子の〝わがまま〟な言動が仲間から指弾される。このとき「最も優しく」須磨子を支持し、擁護したのは抱月だった。やがて抱月・須磨子の関係が「恋愛問題」としてマスコミに取りあげられ、文芸協会のみならず、大学の〝内紛〟にまで発展する。

芸術座の結成、カチューシャの唄

大正二年（一九一三）九月、文芸協会を脱退した抱月を中心に「芸術座」が結成される。

設立趣意書には、「仆《たお》れて後已《や》めば吾等の本懐です」と抱月の決死の覚悟が表明されている。

幹事十六人の中には、相馬昌治はもちろん松井須磨子の名もある。仮事務所は、牛込区五軒町で、七月三日「創立発起人」会を開

島村抱月

中央・松井須磨子、右・水谷八重子

いたのは「清風亭」。

芸術座第一回公演は、有楽町で九月十九日から二十九日まで。メーテルリンク作、抱月訳「モンテ・ブンナ」。

第二回公演は、帝国劇場で十二月二日から二十七日まで。ワイルドの「サロメ」。主演はいずれも須磨子であった。

そして、第三回公演は大正三年、帝国劇場で三月二十七日から三十一日までの六日間。演目は「復活」（トルストイ作・抱月脚色）五幕。

この第一幕、第二場で、劇中歌「カチューシャの唄」が歌われた。抱月は、ヨーロッパ留学の際、イギリスで「復活」の公演を見ており、劇中歌の効果を知っての演出であったという。ただ、舞台稽古に入ってから、一番だけでは効果が出ないので、二番以下を御風が作詞し、一幕では三番まで、五幕で四、五番を歌ったようである。

「カチューシャの唄」を作曲した中山晋平《なかやましんぺい》は、このとき抱月の書生で、東京音楽学校の本科・ピアノ科を卒業し、親戚から借りたピアノを抱月宅に持ち込んでレッスンに励んでいた。その晋平に作曲させるよう抱月に進言したのが御風であった。

作曲した晋平は、楽譜を読めない須磨子の指導に苦労したという。

しかし、公演で須磨子の歌が評判になり、作曲者晋平の名も世に出ることになった。その後、「ゴンドラの唄」（大正四年）、「さすらひの唄」（同六年）などが次々とヒットし、作曲家中山晋平の名は不動のものとなった。

「復活」もまた大きな反響を呼んだ。帝国劇場の初演以来、総計四百回を超えるという上演記録を残している。

芸術座は、この「復活」を中心に三十三種のレパートリーを持って、「ほとんど日本全土に遍《あまね》く公演して回った」。今の韓国・北朝鮮・中国・台湾まで、百九十五カ所に及んだ。新潟県では、新潟、長岡、三条、柏崎、高田で公演している。

一世を風靡した「カチューシャの唄」は、オリエント・レコード会社によってレコードになり販売、当時としては破格の数を売り上げ、会社は倒産を免れたという。

「カチューシャの唄」ジャケット・竹久夢二画

芸術座のメンバー、前列左から四人目・抱月、五人目・須磨子

――「カチューシャの唄」は、抱月、須磨子、晋平、そして御風の不思議な〝因縁〟による一曲で、それを歌った須磨子は〝歌う女優〟第一号になった。

自然主義論と編集者御風

御風が、中央で活躍したのは、明治三十五年(一九〇二)「早稲田」入学から、大正五年、糸魚川へ帰郷するまでのおよそ十年余りである。初めの四年間は、雑誌「白百合」、その後十年間は「早稲田文学」の編集者としての活躍であった。

御風の評論活動は、自然主義論、時評、文明批評など、広範囲に及んでいる。

作家論では、北村透谷《きたむらとうこく》、樋口一葉《ひぐちいちよう》、小川未明、正宗白鳥《まさむねはくちょう》などの作家名を冠した作家論のほかに「早稲田文学社」の「推讃の辞」や、「年度総括」がある。

創作は、五十編近く発表されており、読売新聞に連載された唯一の長編小説『峠』は、春陽堂から、創作集『御風小品』は、隆文館から出版されている。

早稲田文学社に入った当初の御風は、合評に参加したり、コラムを書いたり、外国文学の紹介をしたりしていたが、明治四十年七月、初めての自然主義論「自然主義に因《ちな》みて」を「早稲田文学」に発表する。

続いて十月号に「文芸上主客両体の融会」を、前回同様、社論として発表する。「自覚されたる自然主義の三昧境」は、知識と感情とのながい対峙の果ての疲労から偶然に到達した主客両体の融合境の自覚にほかならない、という。

その後、明治四十二年七月、「新潮」に「自然主義論最後の試練」を書いた。

——御風のこれらの自然主義論は、抱月の「自然主義理論の埒内《らちない》における補正と二代目的特性」をもつもので、その「埒内における補正と細密化」（谷沢永一）と評される一方、抱月の「因はれたる文芸」

国木田独歩見舞の際、独歩を中心に前列右端・御風、二人目・田山花袋、四人目・正宗白鳥

を受け、その訂正から出発して抱月の「自然主義の価値」に影響を与えている（吉田精一）という評価もある。

　編集者としての御風は、いろいろ批判され、陰口もたたかれている。それだけ文筆を業とする作家や評論家に大きな影響をもっていたのであろう。御風によって世に出た人も少なくない。

　坪内逍遥は、教え子の短編小説を「早稲田文学」に掲載するよう〝辞を低くして〟御風に依頼している。雑誌の「一隅」にでも載せてほしい。とにかく「一読」してみてくれ、と。

　日本の文学賞を代表する直木賞の由来となった直木三十五《なおきさんじゅうご》も、御風の支援を受けていて、「わが落魄の記」に次のように書いている。

　生まれながらの貧乏は、かういふ時に、肝が坐つてゐる相馬御風氏の所へも、吉江孤雁氏の所へも、片上天絃《ママ》氏の所へも、就職

「早稲田派」の人々、後列左から中村星湖、御風、人見東明、本間久雄、前列左から秋田雨雀、生方敏郎、島村民蔵、中谷徳治郎

の頼みには、絶対に行か無い。（中略）
だが、もう、何うする事もできなくなってゐた、その時に、相馬御風氏から一つの仕事が、田中純を通じて、持込まれた。
これが、六十円だ。（三月食へる）。（以下略）

結局、直木は、御風の斡旋した仕事によって三カ月食いつなぐことができたのである。

御風の「作家論」

御風の文芸評論の特色は作家論にある。それは、先行作家の再認識、同時代作家の論評、そして、外国の作家の紹介が中心になっている。

「北村透谷論」は、明治四十一年七月八日、第二回「文芸研究」の会で発表されたもので、この研究会には抱月をはじめ吉江《よしえ》孤雁《こがん》や

小川未明

秋田雨雀《あきたうじゃく》など十人が出席している。

私（御風）にとって透谷は、精神界の恩人で、その情熱に満ちた言葉に「インスパイア」され、人生というものに「意味をつけて考える」ようになった。透谷は「旧套の破壊」に失望した「偉大な犠牲者」であった。

「樋口一葉論」は、国木田独歩など十人の作家論の特集で発表された。

結局のところ一葉は「生活の革命者」になることができず「哀訴者」であって、古い日本の最後の女「江戸の女」であったという。

「小川未明論」は、「早稲田文学」で、最もフレッシュな青年作家を論評する企画の、最初の論文として発表され、自伝、著作目録などと共に掲載された。

芸術家としての未明は「道連れを持たぬ作家」で、「まれに見るユニークな作家」である。未明の作品は、冷たいようで「熱して」いて、「反抗的」「自然的」である。

また、この論文発表の翌年、その年の文壇の小説に、最も寄与し

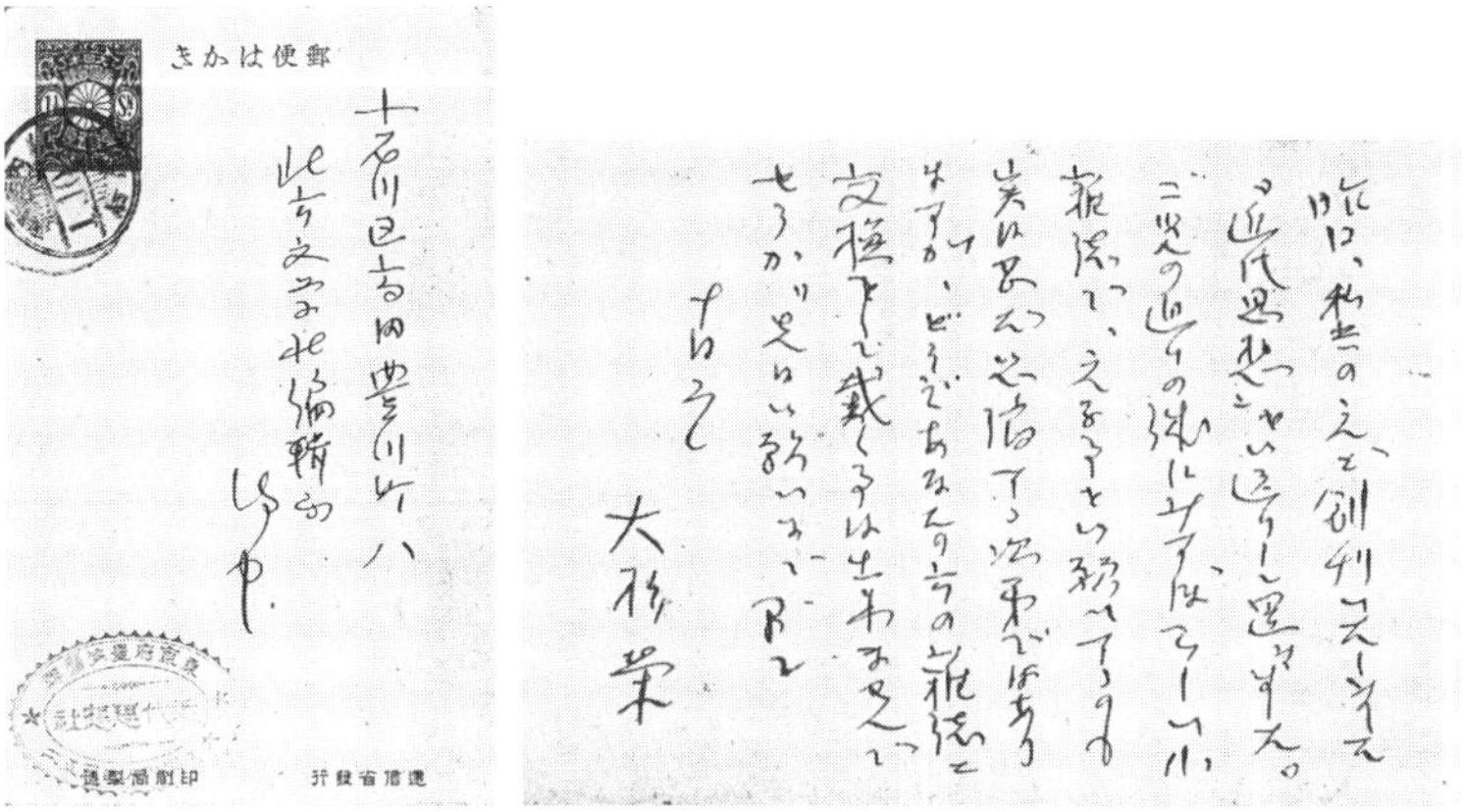

大杉栄のハガキ

た三人、徳田《とくだ》秋声《しゅうせい》、谷崎潤一郎《たにざきじゅんいちろう》、小川未明に「推讃の辞」が贈られた。

「正宗白鳥論」。白鳥ほど、日本における日本人の「生活の真相を描き得た作家」は他にない。日本人の生活に対する「戦慄」を創造したのが白鳥である、と。

――御風の自然主義評論家としての業績は、偏りのない鑑賞眼で、「綿密で懇切な」（『自然主義の研究』・吉田精一）論評を展開したことにあるといわれる。

大杉栄との論争

大正二年（一九一三）二月、御風は、島村抱月と共に、メゾン鴻《こうの》巣《す》で開かれた「近代思想社」の小集会に出席する。このときのテーマは「芸術と実行」についてであった。

当時大杉栄《おおすぎさかえ》らの近代思想社は、二つの集会を開いていた。一つ

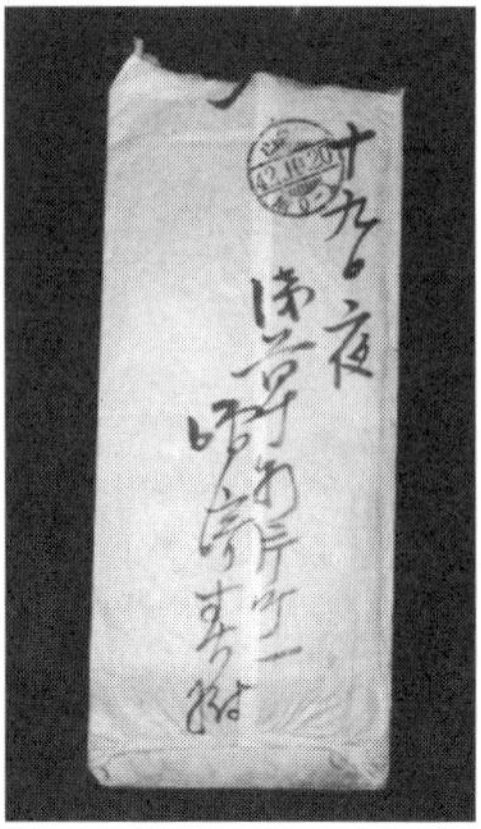

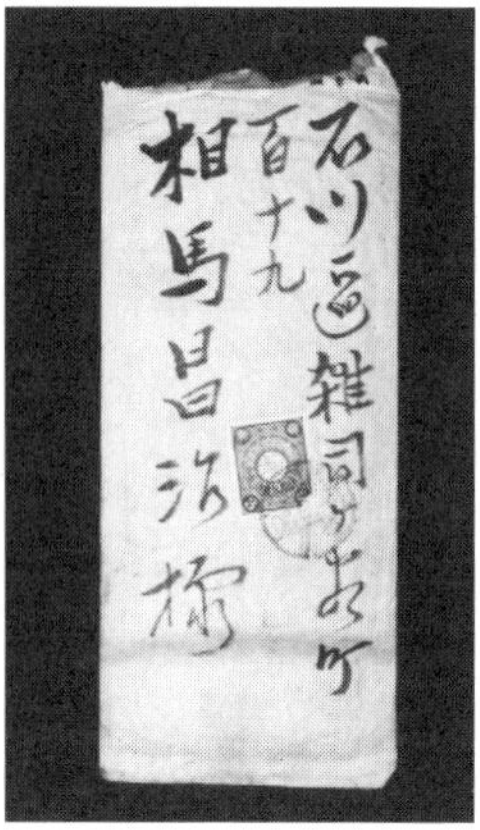

島崎藤村の御風宛て書簡、封筒

は、内部のサンディカリスム研究会、一つは、外部の文学者・芸術家と意見交換する討論会。大杉らはこの会を通して文壇への影響を強めようとする戦略的意図をもっていたのである。

明治の末年から大正にかけて、御風は「生を味ふ心」「芸術の生活化」「実感に活きよ」「自我の権威」など文明批評を多く発表する。そして、未明の「『白痴』を読みて」「人間性の為めの戦ひ―『廃墟』を読んで―」など、社会主義的な発言を多くするようになる。

こうした御風の発言をとらえて大杉は、大正三年一月の「近代思想」に、公開状「時が来たのだ――相馬御風君に与ふ」を書き、御風の「個人革命と同時の社会革命の主張」を批判し、「僕が君の中に見出した友人は、本当の友人なのだらうか」と述べた。

これに応じた御風は「大杉栄君に答ふ」で、人間を内部から変えようとせず、外部から変革しようとする主張には同感できないと反論した。大杉は「再び相馬君に与ふ」を書き、御風の「自我観」、御風の社会認識を批判した。御風はこれには応えなかったが、「近代思想」の終刊号に「人間主義」を寄せている。

『黎明期の文学』表紙

大杉との応酬から一年後、大正四年二月二十六日、御風は、読売新聞に「新思想家の選挙運動を排す」を発表する。これは、同年三月実施の第十二回総選挙に馬場《ばば》孤蝶《こちょう》ら文学者、思想家が立候補したのを非難したものである。

代議士に選ばれようなどと考えるのは「幼稚で浅薄愚劣」なことで、今日の選挙制度の下で、それに参加するのは「一種の妥協であり屈従である」と。

これに対して馬場の推薦人の一人、安成貞雄《やすなりさだお》は「相馬君に問ふ」（「読売新聞」・大正四・三・一二）で、十項目の「疑問」を提示し回答を求めた。

御風は、「安成貞雄君に答へる」（「読売新聞」・大正四・三・一九）で、それに答えた。

「僕は～代議制度を否認している」「革命の要求なきところに真の改良はない」「僕は今日の法律などは、そう眼中に置いて居ない」などと書いた。安成は「再び相馬君に問ふ」（「読売新聞」・大正四・四・二）を書き回答を迫ったが、御風は答えなかった。しかし、「早稲田文学」四月号に、大杉の二十七ページに及ぶ「個人主義者と政治運動」を掲載した。

なお、この年の三月、御風は、家族を糸魚川へ移住させ、五月号の「早稲田文学」に、「凡人浄土」の連載を始めている。

「早稲田文学」の発売禁止処分

〈社告〉

十一月六日の午前一時と云ふ思ひもかけない時刻に、本誌「早稲田文学」の発行所たる東京堂書店へ突如として警官が出張し本誌十一月号発売禁止の命を伝へ、同時に店頭の売残って居た本誌十一月号全部を押収し去った。

その理由とする所は、本誌十一月所載の文章中社会安寧を害し秩序を紊乱《びんらん》するものがあると云ふにあった。

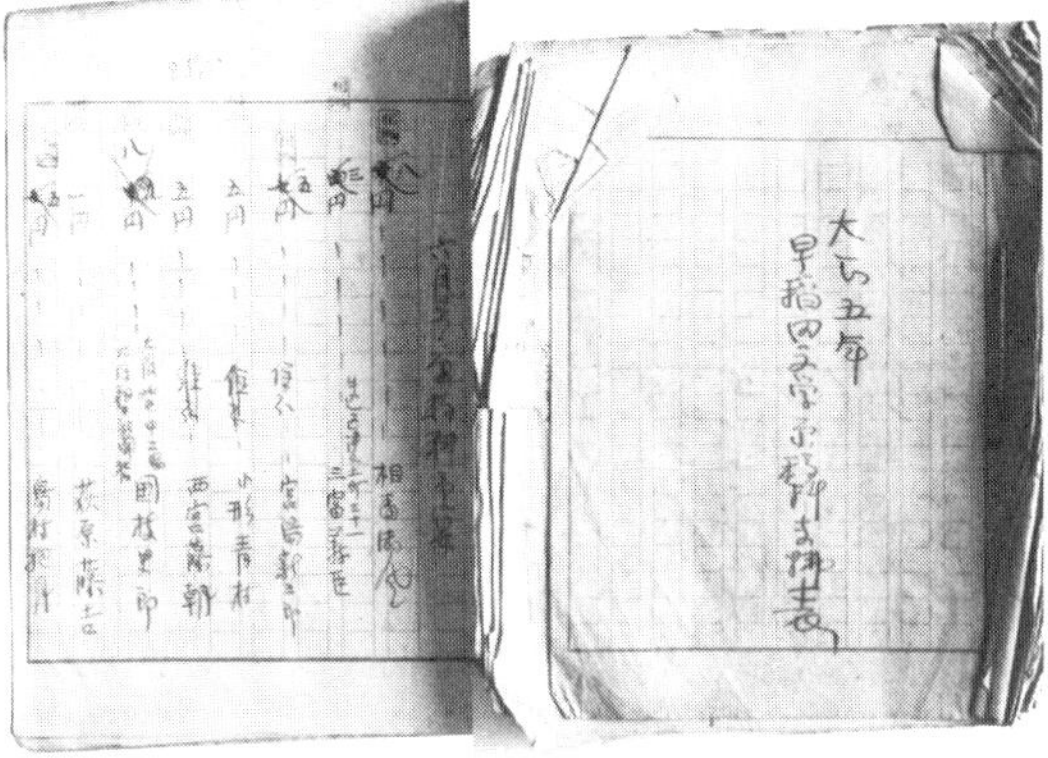

「早稲田文学」原稿料支払表

大正二年、芸術座が旗揚げされてから「早稲田文学」の編集責任を、抱月に代わって負ったのは御風である。以後、御風の意向に沿った編集になる。

創刊当初からの基本であった「本欄」と「彙報《いほう》」、それに「創作」を加えた三部構成に、大正三年六月号から「最近思潮」欄が設けられた。さらに四年六月号からは、それが、「外国の部」と「日本の部」に分けられ、ページ数も多くなり、御風の執筆も多くなった。

その「早稲田文学」、大正四年十一月号（第百二十号）が、当局により「発売禁止」処分を受けたのである。続いて翌大正五年一月号（第百二十二号）も発売を禁止された。

理由は、「風俗壊乱」ではなく「秩序紊乱」だが、具体的にどの記事がそれに当たるのかは分からない。

第百二十号の巻頭論文は、御風の「二大思潮闘争の事実と意義」、内務・文部両省の「青年団」に関する訓令を受けた特集——永井柳太郎、吉野作造ら十人の論評、そして二十ページにわたる大杉の「近代個人主義の諸相」。

創作では小川未明の「死顔より」、詩歌では西条八十の詩。百二十二号巻頭は、小川未明の小説「彼と社会」、その他、小説特集。論文では、長谷川天渓《はせがわてんけい》の「囲碁式より将棋式への内的生命」。付録として、御風、本間久雄、中村星湖《なかむらせいこ》の翻訳三編。

なお、二回目の処分を受けた新年号の翌、二月号（第百二十三号）の巻頭は、御風の「凡人生活の福音」で、文章の終わりに、これと同時に世に出るはずの『還元録《かんげんろく》』を「お読みくださることを希望します（一月十七日相馬生）」とあり、「編輯《へんしゅう》記事」は、この感想は「氏の生涯の光景がこれを境として一変する、その前提と見るべきものであります」と、御風の「還元」を予告している。

『還元録』と糸魚川退住

阿字の子が阿字のふるさと立ち出でて
また立ちかへる阿字のふるさと

『還元録』中扉

大正五年（一九一六）三月、御風は『還元録』を公にして、郷里糸魚川へ退住した。

『還元録』は、菊半截判、布装。大正五年二月十五日、春陽堂発行。自序の日付は、大正五年一月二十二日、緒言の日付は、同年二月三日。

自序によると、文学の道を「活計の道」と考え「不純分子」の多い「思想家面」をした過去の自分を葬り、自分に鞭打つためにこの書を公にした、という。以下はその要約である。

○総括的告白

自分はつとに「これ」を書かなければならなかった。「虚偽と罪悪」に満ちた「欺瞞者《ぎまんしゃ》」の自分を捨て「真の人間」になりたい。

○大学時代と目白僧園の雲照律師について

自分は「星菫派《せいきんは》」文芸の「卑しい模倣、劣等な虚栄心」のかたまりであった。

「聖僧雲照律師の座下に殆ど侍者に近い生活」をして師の教えに

雲照律師

心動かされたが、その教えが「あまりに平凡な事」であったため、徹底できなかった。
○恋と結婚生活、小説『峠』の失敗
結婚に先立って恋をしたが、それは「臆病な安価な卑劣な肉欲満足の一方法」で、醜悪曖昧なものであった。

二つの大きな不幸に見舞われた。長男の急死と、糸魚川の生家の全焼。長男の死をテーマにした小説『峠』の不評。
○根本的変化の契機
「一人の名士及びその人の事業を中心として起った事件。」その痛ましい人間心理の縺れにほとんど「茫然自失」した。
○病的な苦悶と再び子供の死
苦しみは病的状態になり「自殺の想像がほとんど毎夜のやうに私を襲う」ようになった。
○帰郷と郷里で「生まれ変わった」自分
故郷へ帰った一家の生活は、かつて味わったことのない幸福なもので、そこに「本当の人間の生活がある」ことに気付く。

「還元録」の碑・糸魚川歴史民俗資料館（相馬御風記念館）前庭

○真になすべきことの発見

過去の自分は破滅の淵に向かっていた。それに気付いたとき「豁《かつ》然《ぜん》たる天地」が開けた。

○トルストイに導かれた反省

過去の自分は、「偉大」「進歩」「客観的知識」「唯物的見解」というような観念に「誘惑」されていた。これからは「凡夫《ぼんぷ》の生活」をめざす。

○「還元」の結語

自分の真に求めるものは「平凡ではあるが、力強い生活」「情愛の豊かな世界」、そして「凡人の浄土」である。

御風の糸魚川退住は、唐突、突然な行動として人々を驚かせた。しかし、御風は、それより一年前、大正四年の春、糸魚川退住を決意しているのである。家族を糸魚川へ移住させ、「凡人浄土」の連載を始めたときである。

御風自身、「大正四年春私が一家を挙げて此の越後の郷里に入ってしまふまで」（島村抱月追悼号）と書いている。

「退住」を決意しながらなぜ決行できなかったのか。――何より
も「筆を折る」決心がつきかねたのであろう。

御風の退住と『還元録』について、多くの人が発言している。哲学者和辻哲郎《わつじてつろう》は、御風の「告白」は「広告法の新工夫」で、「敗北を利用して新たに喝采を博そう」とするものだと断じた。

しかし、長谷川天渓や山村暮鳥《やまむらぼちょう》らは、「凡人浄土」は正直の世界で、「より善き生活」への進展であると評価し、賛同している。

ころげよといへば裸の子どもらは
波うちぎはをころがるころがる
水くゞる子等たふとしも総身に
光放ちて水をいで来も

退住したときの詠草。波にたわむれ、歓声をあげる子どもの姿は、蘇生した御風自身の姿に重なる。

『大愚良寛』表紙

良寛との出会い『大愚良寛』の出版

『還元録』を公にして郷里糸魚川へ帰った御風は、いつ、どのようにして良寛に〝出会った〟のであろうか。

御風の良寛に関する文章で、最も早いのは大正五年六月二十八日付「高田新聞」の「一言弁ず」と、同年七月新潮社から出版された『凡人浄土』の中の一節である。

「一言弁ず」は、高田新聞記者の「良寛糸魚川滞留」についての「誤聞」を正すというもの。

『凡人浄土』の記述。

　こしにきてまだこしなれぬ我なれや
　うたてさむさの肌にせちなる

この歌の作者たる詩人良寛をこのごろわけて慕わしく思ふ私は（後略）。

御風の目に留まり、御風の心を衝いたのは「越に来て〜うたてさ

安田靫彦夫妻と良寛墓前で　右から四、五人目が靫彦夫妻、一人おいて御風

むさの肌にせちなる」で、そこに詠まれた良寛の心境であり、それへの共感であった。

御風が糸魚川へ帰った当初は、「敗残者」と見られ、あるいは「主義者だそうだ」という噂もあって、世間の目は冷たかった。

御風が糸魚川に帰ったとき、地元の糸魚川中学校（旧制）には西蒲巻町（現・新潟市西蒲区）の出身で良寛の敬慕者の松木徳聚《まつきとくしゅう》校長がいた。西蒲小池村（現・燕市）の出身で新潟中学から第一高等学校、東京帝国大学で「英吉利学《いぎりすがく》」を修め、一高在学中校友会誌に「大愚良寛《たいぐりょうかん》」を書いた山崎良平も赴任していた。御風はこの二人に会って、いっそう良寛に傾倒していった。

「早稲田文学」大正五年七月号編集記事に越後に帰郷中の御風は「越後の歌人良寛の事跡に深ひ興味を感じて頻りにその研究に耽ってゐるさうです」とあり、同誌九月号の「特別号予告」の「既定内容」十月号の目次は「愚人良寛・相馬御風」となっている。しかし、御風の「大愚良寛」が巻頭を飾ったのは、大正六年の三月号であった。その献辞に「此の一篇を松本《ママ》剣南（徳聚）、山崎多聞天（良平）

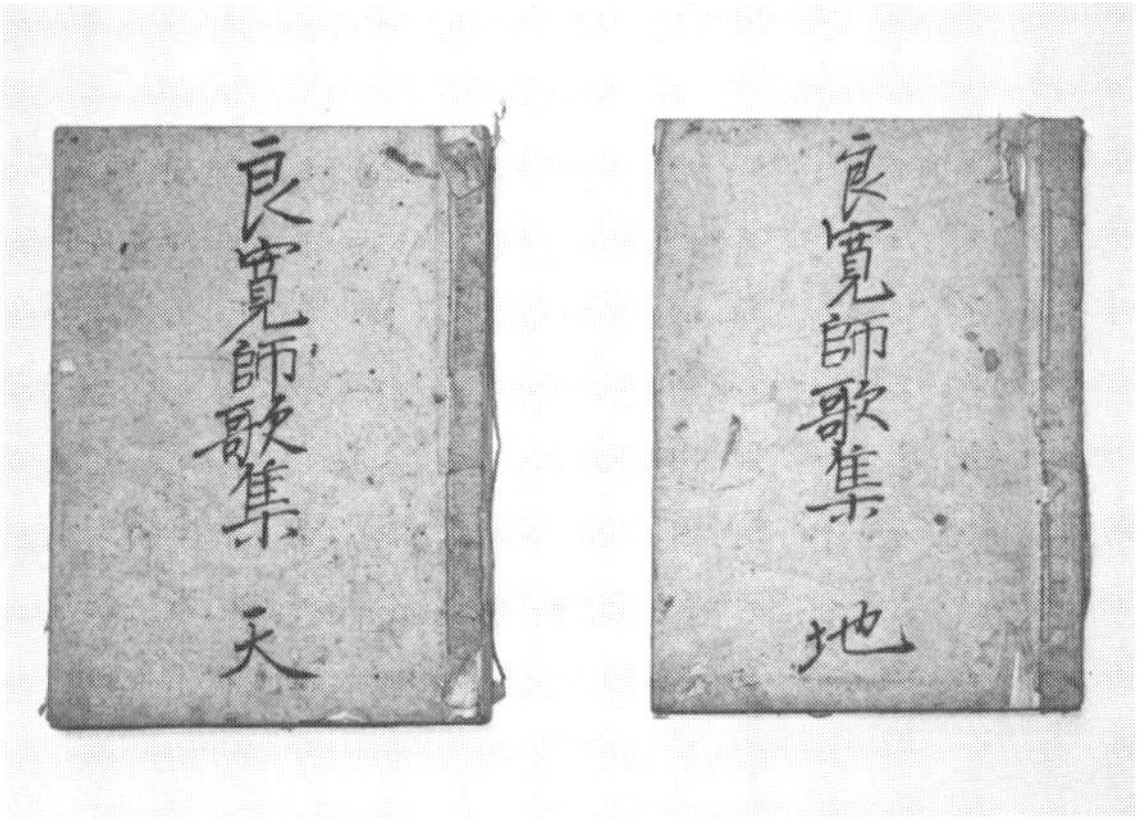

牧江靖斎蔵書『良寛師歌集』
天・地　表紙

両氏に献ず」とある。

以後、御風の「大愚良寛」は六月号まで四回にわたる連載となり、八月号から十二月号までは「良寛遺跡巡り」の連載となる。

そして、この二つの連載と書き下ろしが一本にまとめられたのが、御風の良寛研究の最初にして代表的な著作『大愚良寛』（大正七年五月二十六日・春陽堂）である。『大愚良寛』は多くの読者を得、版を重ねた。

『大愚良寛』は、緒論、出生―幼少の時代から、良寛の真生命、人生観まで十章からなっている。

以後、『良寛和尚遺墨集』や『良寛百考』などの研究書のほかに『良寛坊物語』や『良寛さま』のような一般、子ども向けの著作を多く発表して、「良寛さん」が広く世に知られるようになった。

御風が糸魚川へ帰ったとき、地元に松木徳聚や、山崎良平がいたことは、全くの「偶然」であった。しかし、「還元」した御風が良寛と出会い、良寛に傾倒していったのは、「必然」の成り行きであった。御風の「還元」の思想は、農民を理想化し、センチメンタルだと批判されたが、御風が〝良寛を生きようとした〟ことによってその批判に応えることができた。

――会津八一は、御風の語る良寛は「良寛であると同時に相馬御風彼自身でもあった」と述べている。

「木蔭会」の結成

大正四年、家族を糸魚川へ移住させた御風は、たびたび帰郷し、町の人たちと交際するようになる。町役場に勤めていた松野泰輔もその一人で、あるとき、荻原井泉水の指導を受けていた松野に、御風は、今度は歌をやらないか、「僕も近いうちに、糸魚川へ帰ってきますよ」と言ったという。

大正五年六月、御風は、短歌の会「木蔭会《こかげかい》」を組織する。初会合の会場は、清崎の割烹《かっぽう》山の井亭。新築したばかりで畳の匂う離れ座敷であった。参加者は松野泰輔ら八人。

木蔭会発会記念、山の井亭
前列中央・御風

その後木蔭会は、昭和三年（一九二八）四月、月刊「木蔭歌集」第一集を発行する。

表紙は良寛の「自然」の拓、見開きに御風の巻頭のことば、目次、詠草、略規、奥付の編集発行者名は倉又市朗。

略規には、会員は「相馬先生に師事し、短歌道に精進する者」であること、歌は「相馬先生の厳選と添削とを経たるものに限る」ことになっている。

第一集の出詠者は御風以下五十四人。岡本文弥を除いて皆地元の人々で、川原広一、松野泰輔、中村慶三郎、青木重孝といったなじみの人々。それに、当時中学校の教師だった中野三三郎や小和田毅夫などの名もある。

昭和八年五月号から、「木蔭歌集」は「月刊歌誌木かげ」に変わり、昭和十二年二月号からは、単に「木かげ」になる。さらに、昭和十七年六月号を最後に「用紙不足」のため廃刊される。しかし、会員の詠草は「野を歩む者」の「木かげ集」に吸収された。

昭和五年八月、木蔭会が中心になって町内の直指院の境内に「良

良寛詩碑建立式、直指院

寛詩碑」を建立する。

町史編纂委員長、「西頸城郡史料展覧会」

大正七年、御風は、糸魚川町史編纂委員を依嘱され、その委員長になる。副委員長は木島藤兵衛、委員には中村又七郎ほか八人。相談役は糸魚川中学校長・徳谷豊之助。徳谷は、山崎良平校長の後任者、東京帝国大学出身の歴史学者。

御風はまた、大正八年、西頸城郡長とともに、西頸城郡郷土研究会の名誉会員に推薦され、後に、頸城考古学会初代会長になった。町史編纂は三年計画。委員長になった御風は、各地の史跡を調べ、資料の収集を始める。

大正十年（一九二一）、八月二十五日から三日間、糸魚川高等女学校を会場に「西頸城郡史料展覧会」が開催される。主催は糸魚川町、共催郷土研究会、大会委員長相馬御風。

西頸城郡郷土資料展覧会
会場入口、中央和服姿が御風

展覧会には内外の名士が招待され、中央から御風「相識」の学者、研究者が招かれた。内務省神社局書記官平島敏夫、東京帝国博物館学芸員高橋健自、文部省古社寺保存委員中川忠順など。

出展された史料は、九百四十三種類、約二千点。「之れを以て本郡内に於ける史料分布の斑《はん》を明らかにする」ために目録も作製された。目録は、所蔵・出品者別に、名立町・能生町・青海町・糸魚川町の史料。一部、高田図書館、荘田稲美の史料が含まれている。

この中の考古史料には、石器（石斧《せきふ》・石錘《せきすい》・石棒・石鎌・玦《けつ》・石皿）、土器、勾玉などがある。特に三四四番から三七七番までは、「糸魚川町史編纂会出品」、六二七番から七一六番までは「相馬昌治氏蔵」で、「六八七番長者原《ママ》発見石器一箱」「六九二番曲玉出所不明」「六九三番管玉・糸魚川町大字三ツ屋春木田ヨリ発掘」「八一二番・石器時代・土偶・糸魚川町大字長者原発掘」「八三二番・石鏃《せきぞく》〜糸魚川町長者原発掘一箱」など、長者ケ原出土の石器類が目につく。

また、「糸魚川中学校出品」の中には、石器時代砥石（三九二番）、「石器の石斧・凹石・石材切断残欠」（三九五番）がある。

収集した民具を整理する御風

これらの長者ケ原遺跡出土の石器類の中には「ヒスイ製品」あるいはヒスイ原石も含まれているものと考えられ、それらが長者ケ原で「加工製作」されていたことが知られていた。

「野を歩む者」の創刊

昭和五年（一九三〇）十月、御風は、「野を歩む者」を創刊する。「一人雑誌『野を歩む者』を出すに就いて」という広告が出されている。

何ものにも煩わされずに、自由に、気楽に自らを語り得るやうな発表機関が欲しいとは、永い間の私の念願でしたが、今度いよいよ思い切ってそれをやって見ることにしました。（後略）

創刊時の「規定」

一、雑誌は毎月一回発刊し、申し込み者にのみ頒布《はんぷ》し、店頭には

「野を歩む者」表紙

出さない。

二、購読希望者は、一か年分の誌代送料とも金三円二拾銭を添えて発行所へ申し込むこと。

三、見本一部のみ購読希望者は三拾二銭。

四、送金は振替で、切手代用は二割増。

五、購読者五名以上の紹介者には御風自筆の短冊、十名以上の紹介者には茶掛用懐紙贈呈。

六、前金切の場合は直ちに送金のこと、次号発刊までに送金のない場合は発送しない。

七、通信連絡はすべて発行所へ。

八、雑誌に関する責任は全て相馬御風が負う。

一項の「毎月一回」の発行は、後半の時期になると守れなくなったが、店頭へ出さないことは最後まで変えなかった。五項のような「営業努力」は有効だったようで、予定より早く、同年十月に第一号が発刊された。

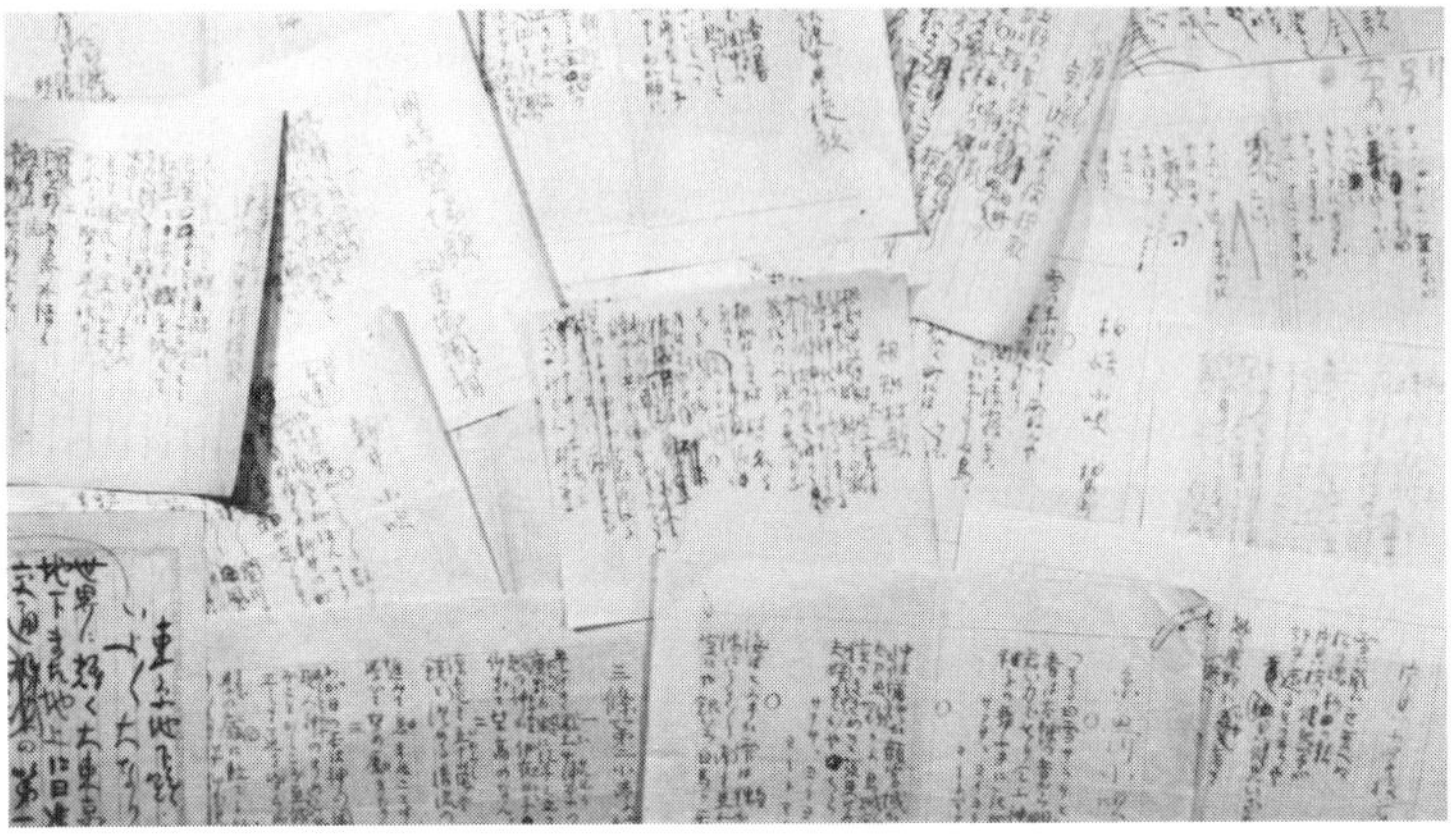

糸魚川小唄などの原稿

第一号は、菊判四十六ページ。表紙裏には「われ暁の野に立つ（中略）こゝにわが生の黎明《れいめい》あり、かくしてわれ日々新たなり」という御風の詩が掲げられている。

目次にこの雑誌の特徴がよく表れている。「生の味」「随感随想」のような随筆、「北越雪譜の著者」のような研究、「糸魚川に泊った良寛」のような創作、それに「身辺雑誌」のような諸家との交流交信の記録である。

創刊は好評で、第二号に「寄する言葉」が六ページにわたって掲載されている。祝辞、感想を寄せた人は、前田林外、正宗白鳥、安《や》田《す》靫彦《だゆきひこ》、佐佐木信綱、それに坪内逍遥など、かつての友人・交流のあった人々である。

「野を歩む者」に掲載された随想随筆の大部分は『相馬御風随筆全集』に収録され、良寛や小林一茶、芭蕉についてのものは、それぞれ単行本として出版された。

終刊は、昭和二十五年（一九五〇）四月。二十一年間に八十五冊をもって終わった。

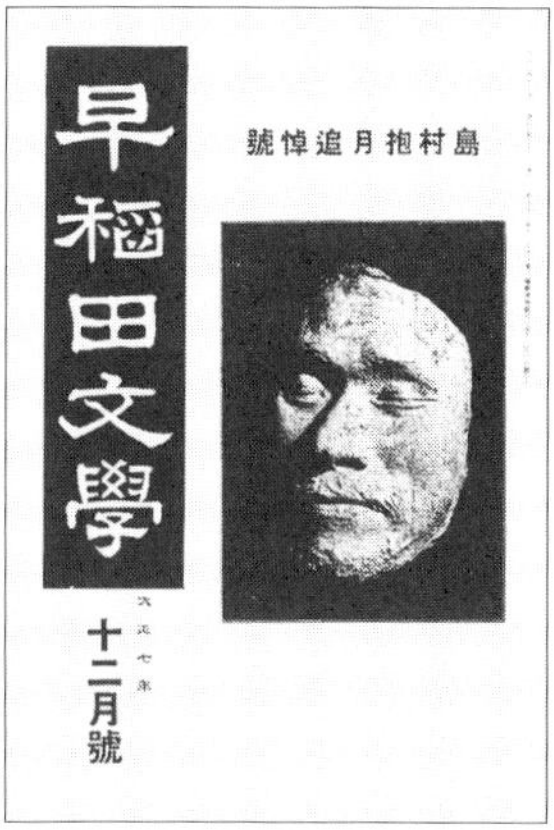

「早稲田文学」島村抱月追悼号・表紙

御風の後半生は「野を歩む者」の執筆・編集・発行の「生活」であった。

父徳治郎と、師抱月の死

大正七年（一九一八）八月三十日、父徳治郎逝去、享年六十七歳。徳治郎は、町政を退いたあと、明治四十四年の大火で全焼した跡に建てた仮設住宅で一人ぐらしをしていた。老父の身を案じた御風は、この年の暮れ、老父を東京へ迎えて同居するが、大正四年三月、妻テルの出産のための糸魚川移住とともに糸魚川へ帰る。六月、四男元雄出産、十一月、母子と共に徳治郎も東京へ。そして、大正五年三月、御風の糸魚川退住とともに再び糸魚川へ帰る。

糸魚川へ帰ってからの徳治郎は認知症が重くなって、三人の孫の顔も、嫁テルの顔も分からなくなり、近寄ると「うるさい」と言って遠ざけたという。しかし、息子の御風だけは別で、約百日間、昼

「木かげ」「木蔭歌集」表紙

夜をおかず、看護の一切を一人で行った。

御風は、「親に心配をかけ続けた人間でも運命のおかげで」、求めずして最後に親孝行できたこと、「順当に親を送り得たことを」もったいなくもありがたいと思わずにはいられなかった、と振り返っている。

雪の夜をゐろりにひとりあたりつゝ
黙しゐたりし父を忘れず　　御風

この年、大正七年十一月五日、島村抱月が亡くなる。抱月は、十月下旬、流行性感冒にかかり病床に就き、感冒はやがて肺炎に変わった。

御風が、抱月の訃報を聞いたのは、上越の「高田新聞社」に中村又七郎を訪ねていたときであった。御風は直ちに上京する。——糸魚川退住後、上京したのはこの時が初めてで、最後——。

御風が駆けつけたのは六日の通夜の晩遅く。葬儀を取り仕切っていた中村星湖に、門下生一同を代表して弔辞を述べるように要請さ

「春よ来い」の碑
フォッサマグナミュージアム前

れる。

葬儀は、七日夕刻四時、式場は青山斎場。早稲田大学関係者や文壇人など五百人もの人が参列した。

御風は、何時間も机に向かいながら、ついに弔文が書けなかったのか、追悼号に載っている御風の弔詞は、万感の思いを込めた一言である。

先生のご逝去に遭ひ吾等門下生全く為すべなきところ、言うべき言葉を弁せず。焼香合掌ひとへに御前にぬかづくのみ。
門下生総代　相馬昌治　敬白

「春よ来い」の作詞

一、
春よ来い　早く来い
あるきはじめた　みいちゃんが

赤い鼻緒のじょじょはいて
おんもへ出たいと待っている

二、
春よ来い　早く来い
おうちのまえの桃の木の
蕾もみんなふくらんで
はよ咲きたいと待っている

御風の作詞で、代表的なのは早稲田大学校歌「都の西北」、歌謡では「カチューシャの唄」、そして童謡では、この「春よ来い」である。

大正十二年（一九二三）三月一日発行の「金の鳥」三月号に発表された。作曲は弘田《ひろた》龍太郎《りゅうたろう》、東京音楽学校教授。

「みいちゃん」は幼児の愛称。御風の末っ子〝文子〟がモデルではないかといわれ、また、友人中村又七郎の末子の穣さんが、〝みいちゃん〟と呼ばれていたので、この人をモデルにしたのではない

砂場・善正寺跡の歌碑
〝わけのぼる坂路はいかにくるしとも御仏したひゆくとおもへば〟

か、ともいわれる。

履物の歴史では、平安時代に「浄履」（ジョーリ）ということばがあった。糸魚川・西頸城地方では、ゾーリのことを「ジョーリ」といっていたので、「じょじょ」は「ジョーリ」の幼児語である。

桃の蕾《つぼみ》の赤と、雪のイメージ白との鮮やかな対照、桃の蕾を擬人化し、感情移入して、春を待ちわびる雪国の人々の心情が見事に表現されている。

御風は、三人もの子どもを幼いうちに亡くしているので、この〝春への期待〟のうちには、子どもの無事な成長を願う親の気持ちも込められているようである。

御風が、童謡を作るようになったのは、糸魚川退住以後で、「田園の生活が自然さうした方向へ私の心を誘った」といっている。

御風の退住間もない大正七年七月、鈴木三重吉《すずきみえきち》の「赤い鳥」が創刊され、大正から昭和にかけて童謡の全盛期を迎えた。御風も雑誌「金の鳥」に次々と童謡を発表する。

この時期の作品をまとめて大正十二年四月、春陽堂から童謡集

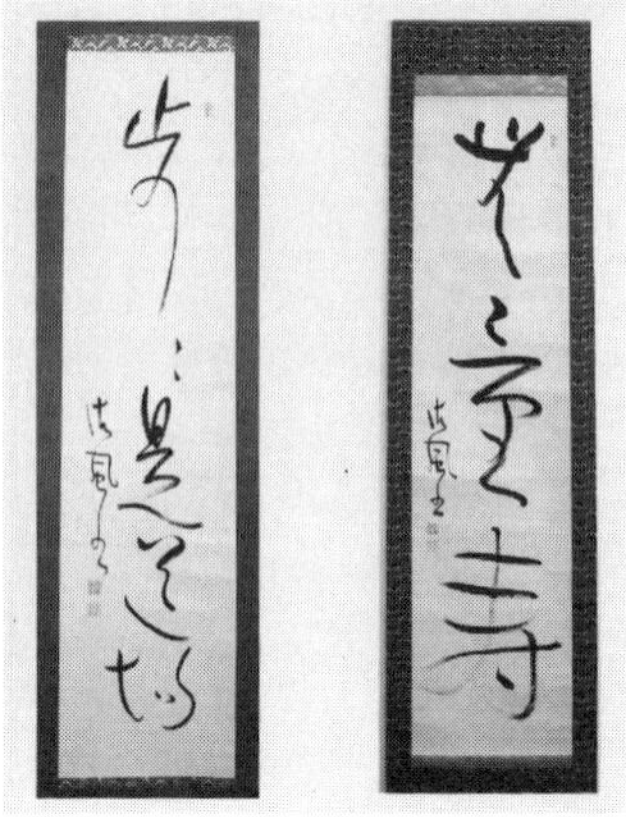

「無量寿」御風書

「歩々是道場」御風書

『銀の鈴』を出版する。装丁と十枚の挿絵は竹久夢二《たけひさゆめじ》。「かなかな蝉」や「夏の雲」など二十七編。

御風は、北原白秋や西条八十などとともに大正十四年結成された「童謡詩人会」第一期会員であった。

「水保観音」を国宝に

大正十二年（一九二三）三月、御風の尽力によって通称〝水保《みずほ》の観音さん〟が「甲種国宝」に指定された。

「西頸城郡史料展覧会」が開催されたとき、下早川村日光寺の観音菩薩像と、西海村水保の十一面観音像は、「秘仏」ということで「写真出品」であった。

御風はそれより早く、水保の観音さんを拝観し、そのすばらしさに感動。記念講演した中川忠順博士に観音さんを調査してもらうために水保へ案内する。博士も、その素晴らしさに驚き、直ちに国指

木造十一面観音立像・水保奉安殿

定の申請手続きをとった。

現在、「木造十一面観音立像」は、国指定重要文化財。像高百五十五センチメートル、桜材の一本造り、背面に背刳《せぐ》りがしてある。頭部の天冠台には、正面に菩薩相三面、後ろに大笑相一面が、墨書されている。像の特徴は〝鉈彫《なたぼ》り〟。丸のみを横に使って彫り出し、それをそのまま仕上げとしている。

〝水保〟は、かつての延喜古道《えんぎこどう》要衝の地。山往来の北陸道と、信州千国古道の分岐点。慶長検地帳によると、当時、吉祥院を中心に仏教寺院の七堂伽藍《しちどうがらん》が立ち並んでいた。

国宝指定から十四年後の昭和十二年、御風は、文化財の滅失を恐れ、人々に諮《はか》って耐震耐火構造の「奉安殿」を建設する。「国宝水保観音保存会」には、糸魚川町長小林鹿郎、西海村長猪又八十吉、水保区長山本平作、信徒代表広川順市などが名を連ねている。募金は、特別会員三十円、甲種会員十円など三段階、村の人たちは労力奉仕し、村民こぞって建設に当たった。

円通閣の裏山の中腹に、鉄筋コンクリート造り、銅板葺《ぶ》き、平泉

水保観音奉安殿

の金色堂を模した奉安殿が完成した。堂の入り口に御風揮毫《きごう》の「無《む》量寿《りょうじゅ》」の扁額が掲げられた。

昭和十三年四月十八日遷仏式《せんぶつしき》。御風は病をおして参列した。「新厨子」に納め、土蔵に安置して「錠をピーンとおろした瞬間、私は永い間背負ってゐた肩の重荷を急におろして貰ったやうな」気がした。そして、「水保観音堂の発見はわが生涯に於ける最大なる手柄の一なり」と。

御風宅全焼、頒布会

昭和三年（一九二八）八月十九日、午前零時十分、糸魚川駅付近の製材所から出火。折しもの南風に煽られて火は町の中心部を焼き尽くし、御風宅も全焼した。

焼失地域は、駅前から北側、城の川の右岸、海岸まで。全焼住家は百五戸、寺院一、劇場一、神社一。半焼住家二、非住家七十八、

「古今一如」・御風宅土蔵入口

被災世帯は百十九。

御風は前日、村松温泉へ出かける予定を週刊朝日編集主任の訪問を受けて変更し家にいたが、火の回りが早く、校正中の『良寛坊物語』の原稿を持って避難するのがやっとだった。

しかし、この頃構想していた「日本美の研究」に関する文献、資料の全てを焼失し、大きな打撃を受けた。

一家――御風、テル夫人、子ども――は一時親戚の松沢医院へ。それから「聴涛閣」（旅館）へ無事避難することができた。

御風はこのとき、屋敷内に住んでいた十家族にバラックを建設してやったという。

十二月、跡地に御風宅が再建された。これが現在の、新潟県指定史跡「相馬御風宅」である。

この御風宅の建築資金にするため、御風の染筆「頒布会」がたびたび開かれた。

頒布会は、高田早苗、坪内逍遥をはじめ文壇、画壇、学会、政界各方面の名士二百人で組織された。一時中断したが、昭和九年再開

応接室で　御風・文子・テル

された。そのときの「頒布規定」。半折一枚が金拾五円、屏風一双が金百五拾円――などとなっている。
頒布会は、昭和十一年二月、東京三越本店で「短冊色紙展」、昭和十四年四月、日本橋で「御風染筆展覧会」、昭和十六年五月、福岡のデパートなどで開催され、多くの作品が頒布された。
そのため御風の遺墨の数は多い。短冊、色紙、半折、全紙の幅、扁額、箱書き、画賛、題簽、工芸品（盆、膳）、日の丸、墓石、それに書簡など、その種類は多種多様である。
内容も、自作の短歌、詩、童謡、民謡、校歌、良寛の詩や歌、箴言など、これまた多岐にわたっている。書体はほとんど行・草書。「相馬氏墓誌」のような楷書はまれ。文字は漢字仮名交じり。万葉仮名も多く使っている。

水保観音奉安殿前で、中央・御風、その前・文子、後列左端・皓

子どもたち、五男茂の夭折

昭和五年七月十八日、五男茂《つとむ》が夭折した。そのときの連作。

・握りたるこぶしの中の綿屑を
そのまゝ持ちて子は死に行けり

・いやはてのそのたまゆらを見ひらきし
汝がつぶら目はいつか忘れむ

この頃、友人鳥井儀資への手紙に「よそのこどもの泣き声が耳につき困り候」と書いている。

御風と妻テルの間には、五男一女があった。

・長男　昌徳《まさのり》　明治四十三年二月八日生
明治四十六年五月二十日没

・二男　昌允《まさのぶ》　明治四十四年十一月一日生
昭和五十二年十二月三十一日没

・三男　皓《あきら》　大正三年六月十九日生

前列左・昌允、右・晧、後列右・文子

昭和五十四年二月十二日没

・四男　元雄《もとお》　大正四年九月十一日生
大正八年八月十三日没

・長女　文子《あやこ》　大正十年二月二十日生
平成二十一年十月八日没

・五男　茂《つとむ》　昭和五年五月三十日生
昭和五年七月十八日没

御風は、この六人の子どものうち、長男昌徳は、一年三カ月、四男元雄は、三年十一カ月、五男茂は、三カ月足らずで、三人までも幼児のうちに亡くしている。

二男昌允、横浜高等工業（現横浜国大）を卒業し、東京飛行機製作所、日本航空整備株式会社などに勤務。エンジニアとしての生涯を送った。

三男晧、日本画家安田靫彦に弟子入りし、日本画家となり、「春村」といった。また、服飾史、歌舞伎史を研究し、『歌舞伎——衣装と扮装』（昭和三十二年、講談社）の著書があり、ＮＨＫの大河ドラマ「新平家物語」や「国盗り物語」などテレビドラマの時代考証を担当した。

長女文子、日本女子大学卒業後、東京帝国大学史料編纂所、日本女子大学付属図書館などに勤務。日本近代文学館評議員。著書に『相馬御風とその妻』『司書半生』『若き日の相馬御風』などがある。

妻テルの死と倉若ミワ

昭和七年（一九三二）七月十日、妻テルが永眠する。享年四十三歳。この時、二男昌允は二十歳になっていたが、三男皓は十八歳、末っ子の文子は十一歳になったばかりだった。

テルは亡くなる一年前、「野を歩む者」に「雑草苑たより」という随筆を連載している。昭和六年八月号から七年七月号まで十二回。これらは、没後出版された『人間最後の姿』（昭和七年十二月十八日・春陽堂）に収録されている。

皓の作品「月」

『遺稿集』のテル遺影

随筆のテーマは、人間の「最期」、死について。テルは「人間は同じ死ぬなら若い美しい間に死ぬに限りますね」と口ぐせのようにいっていたという。

御風は「亡妻追憶」で、「私は極端に弱い人間であるが、妻は稀に見る強い女性であった。どんな暑い日にも〝暑い〟と云はず、いかなる寒さにも〝寒い〟といふ言葉を口にしない人間であった」と追想している。

しかし、テルは東京生まれの東京育ち、テルにとって雪国の片田舎の暮らしは「癒やされない悲しみ」であった。「泰山木」詠草。

・冬ごもりけながくなればわびしさを
　かこつことにも心つかれぬ
・あきらめにのがれて得べきしづ心
　そのしづ心われはほりせず

あきらめによる「しづ心」（心の平安）その「しづ心」を「われはほりせず」（自分は欲しない）ここにテルの気質とテルの生涯のすべてが言い尽くされているようである。

倉若ミワ

ぎやまんのきりこの瓶ゆ汲みたての

水注ぎ飲みし妻が目に見ゆ　　　　　　御風

妻を亡くした御風は、三度の食事のことから子どもの世話、来客の応対など、何から何までやらなければならなくなった。そのため、肉体的にも精神的にも疲れ果て、「木蔭歌集」や「野を歩む者」の編集もままならなくなってしまう。

たまりかねた周囲の人たちは、近くの分家の奥さんから食事を作ってもらったり、出雲崎の「熊木のおばさん」に来てもらったり、お手伝いを頼んだりしたが、いずれもうまくいかなかった。そして、昭和九年五月、倉若《くらわか》ミワが、相馬家に入ることになる。

ミワが相馬家に入ることになったのは、御風の健康管理、看病のためであった。初めは一週間ぐらい、ということであったが、上京を延期して、そのまま御風の看病を続けた。六月、一時実家へ逃げ帰ったが、すぐに連れ戻された。このとき、御風五十一歳、ミワ二十二歳。

倉若ミワ　明治四十五年（一九一二）、糸魚川の倉若家の六人兄弟の末っ子。倉若家は、相馬家と同じ宮大工、同業の仲間。
　検定で看護婦、産婆の資格取得。昭和七年、二十歳上京、看護婦として病院などに勤務。

以後、ミワは内縁のまま御風と生活を共にし、御風の原稿の清書など、秘書のような仕事もして十七年間、御風の最期をみとった。御風没後、ミワは相馬家を出て書道塾などをしていたが、猪又家へ嫁ぎ、猪又ミワとなった。そして、歌集『雪雫』を出版し、御風からの見聞を『御風聴聞記』にまとめ、昭和五十六年（一九八一）、六十九歳で亡くなった。
ペンネームを「美和」「三輪子」という。

北大路魯山人など御風宅訪問

昭和十三年（一九三八）二月二日、陶芸家北大路魯山人《きたおおじろさんじん》が折から雪の降りしきる中、積もった雪を踏み分けて御風宅を訪ねてきた。魯山人は御風と同年、明治十六年生まれ。書家、陶芸家、そして料理の達人といわれる。大正十四年（一九二五）永田町で「星岡茶寮《ほしがおかさりょう》」を開き、星岡窯を築いて作陶した。北大路魯山人などと号した。

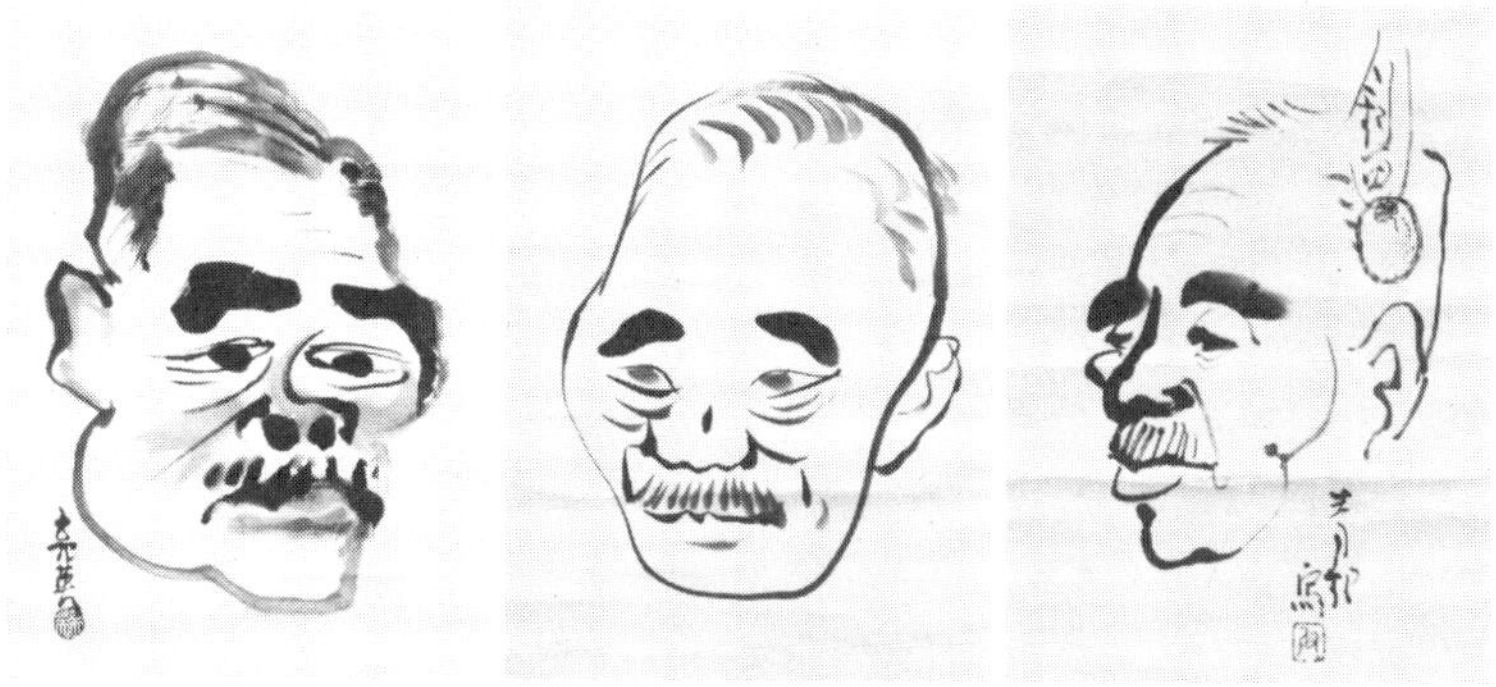

御風似顔絵、左から服部亮英、池部鈞、細木原青起画

魯山人が訪ねてきたとき御風は、風邪をひいていて、重ね着をした上に襟巻きをし、無精ひげを伸ばしたままで応対した。

魯山人の御風訪問の目的は、御風所蔵の良寛遺墨を鑑賞し、御風の見解を聞くことにあったようである。

御風は、求めるままに所蔵の良寛遺墨の特色のあるもの「十五点」だけ披露した。魯山人は、その一点一点に感嘆の声を上げ、まるで「若者のように」喜んだという。そして、「かういうものを沢山見せていただくと、すっかり頭が下がるんですから」と言って、世間に氾濫《はんらん》する「へんてこな良寛物」を慨嘆《がいたん》した。

御風は、魯山人の感心の仕方が、自分の思っていることとピタリと一致することに驚き、魯山人は、まれに見る優れた鑑賞家、理解者で「推奨するに躊躇しない」と述べている。

また御風は「かういふ気品の高い芸術に接すると自分のやってる仕事なんか全くいやになっちまふ」という魯山人の〝つぶやき〟を聞き留めている。

「愈々信仰を厚く致し申候」は良寛への畏敬、「宜敷《よろしく》御《ご》交誼《こうぎ》之程《のほど》」

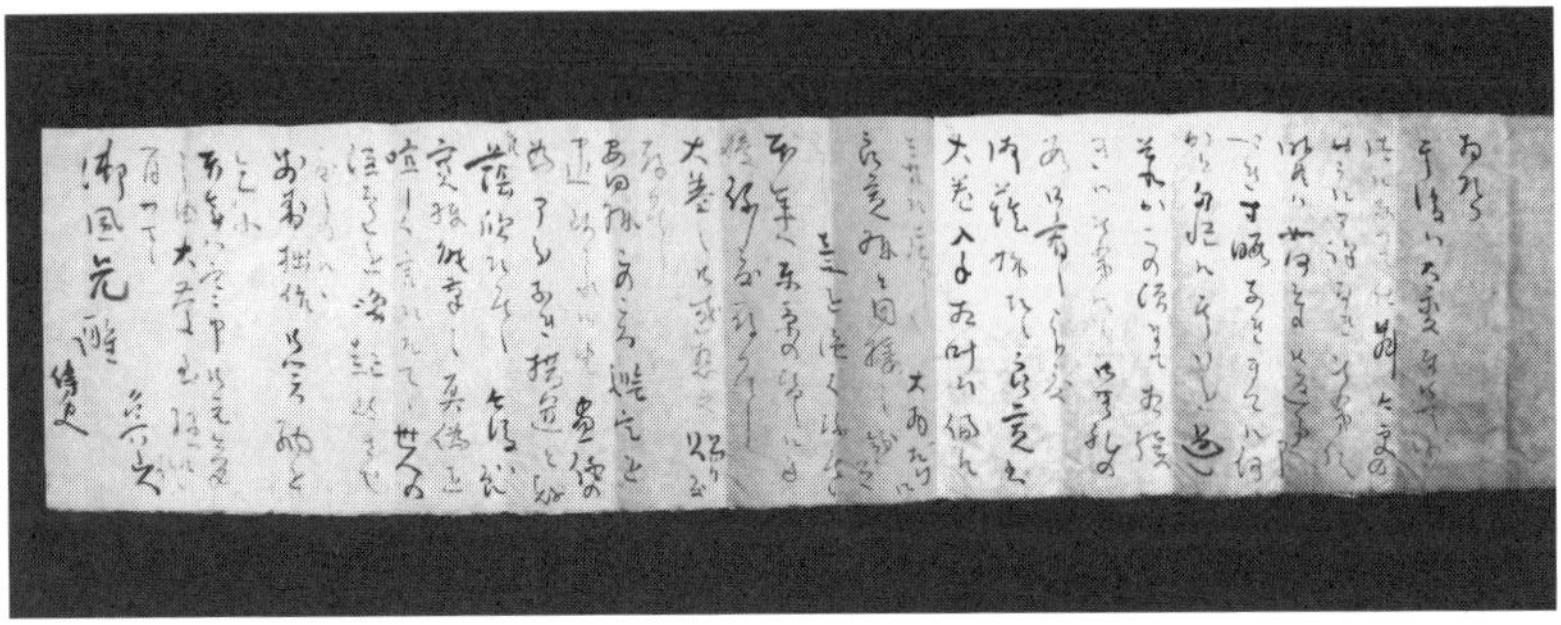

御風宛、北大路魯山人書簡

も、社交儀礼ではなく御風への敬意であろう。

魯山人は、この年の七月二十日、八月五日にも御風を訪問している。六月二十七日の書簡には「良寛之真偽鑑別ハ今後に残されたる大事業に候」と述べ、翌年一月二十七日付では「今後ハ良寛様能《の》草々真偽を喧しく言ひたてゝ世人の恆道《こうどう》を喚起させ度ものに候」と書いている。

また、三度目の訪問の際には、魯山人自ら地元の食材を買い集め、御風のために料理を作って供した。知られた達人の料理を独り占めした人はそう多くない。これは魯山人の「情の深い人」の一面、といわれるが、同時に、魯山人の御風への敬意を表わしているといってよい。

戦中戦後、この魯山人のように、糸魚川の御風を訪ねた人は少なくない。昭和十年十一月　野口雨情、昭和十四年四月　荻原井泉水、昭和十五年四月　岡田紅陽、昭和十五年十一月　小川未明夫妻、昭和十六年六月　大石順教、昭和十八年　中村星湖、昭和十九年五月　安成二郎、昭和十九年七月　前田多聞、昭和二十一年五月　生

方敏郎、昭和二十一年七月　会津八一、昭和二十三年九月　尾崎行輝、昭和二十四年十二月　松岡譲　など。

ヒスイの探索・発見

昭和十三年（一九三八）八月十二日、姫川の支流、小滝川の上流で「ヒスイ」原石が発見される。

御風は、「西頸城郡史料展覧会」開催のあと、長者ケ原、一の宮、蓮台寺などの遺跡をたびたび訪れ、遺物を採集し、歌に詠んだ。そして、そのある物は「ヒスイ」だと考えたようである。昭和十一年に作詞した「糸魚川小唄」の第三節に「海はヒスイか雫は珠か」と詠まれている。また、大正の末年、岩崎航介と振子の結婚祝いに「ヒスイ」の指輪を贈っている。

当時、ヒスイの原石は日本には産出せず、日本にあるヒスイはミャンマーなどで産出したものが、中国大陸や朝鮮半島を経て日本

糸魚川市小滝・ヒスイ峡

にもたらされたと考えられていた。それが考古学界の常識であった。

しかし、御風はこの定説に疑いをもった。川や海の水に洗われて丸くなった原石、半製品、あるいは「砥石」などを見て、ヒスイは外国からもたらされたものではなく、近くの川か山――姫川の上流あたりから産出するのではないかと考えた。

「翡翠発見当時の話」別称「伊藤栄蔵《いとうえいぞう》メモ」という記録がある。糸魚川市小滝野口の農業伊藤栄蔵が残した「ヒスイ」発見に関するメモである。

それによると、昭和十三年の夏、姫川支流大所川発電所の責任者であった鎌上竹雄《かまがみたけお》が御風を訪ねた際、御風は、自分の考えを話し、ヒスイ原石の探索を依頼する。鎌上は、元糸魚川警察署長で、「野を歩む者」の購読者であった。鎌上は、帰途の途中、長女の嫁ぎ先である伊藤栄蔵宅に泊まり、御風の話を伝え、ヒスイ探索を伊藤に頼んだ。

伊藤は、「川の小さくなるのを待って」八月十日、小滝川をさか

ヒスイの石器・糸魚川市「入山遺跡」出土

のぼってヒスイ原石を探したが見つからなかった。十二日、再び小滝川上流を探したが「これといふ物も見あたら」なかったが、さらに上流の小滝川の支流「土倉沢」の滝つぼで、重さ百貫（三七五キロ）もあろうかと思われる「見たこともない青い石」を発見した。しかし、石が硬くてわずかに米粒ほどしか欠き取ることができなかった。そこで伊藤は、盆すぎの十八日に出直し、今度は大きなハンマーで二十センチほどの石二個を割り取り、その一部を御風の所へ持参した。御風は「これこそヒスイにまちがいない」と言って「安心した」態度をとったという。

糸魚川市史によると、翌昭和十四年五月下旬、鎌上竹雄の娘千恵子は、当時糸魚川病院の看護婦をしていて、伊藤から「五センチほど」のヒスイ二個をもらい受け、それを院長の小林総一郎に届けた。

小林院長はこれを義兄河《かわ》野《の》義礼《よしのり》に送った（河野は当時東北大学理学部助手）。河野は、副手の大森啓一とサンプルを分析、現地調査をして、サンプルがヒスイであることを確認する。そして、河野義礼「本邦に於ける翡翠の新産出及び其化学的性質」、大森の「本邦

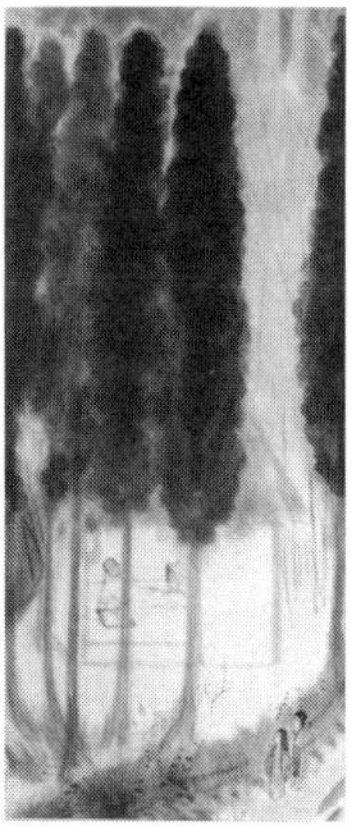

安田靫彦が御風に贈った「五合庵の春」下絵

産翡翠の光学性質」が、「岩石礦物礦床学」という専門誌に発表された。

考古学の定説を覆したこのヒスイ産出の大発見も、当時、地元でも学界でもほとんど問題にならなかった。

——昭和十二年、日中戦争が勃発、国民精神総動員実施要綱が決定し、『国体の本義』が編さん普及され、神話が歴史とされる「戦争の時代」になっていた。

『良寛百考』、随筆全集、歌謡集の出版

昭和十年（一九三五）三月二十日、『良寛百考』が上梓《じょうし》される。菊判、五百九十七ページ、厚生閣。

御風の良寛研究の代表的著作『大愚良寛』出版から十七年後のことである。御風はこの間に、『良寛坊物語』や『良寛詩集』など、良寛に関する著書を何冊も出版しているが、『良寛百考』は、その

良寛の書に向かう御風

集大成。緒言に「ここ二十年間に書きとめて置いた良寛和尚の生涯及び芸術に関する雑考を今度一まとめにして」とある。

「良寛和尚を生んだ家」から最後の「新《あらた》に見出された貞心尼歌集『もしほぐさ』」まで六十五項目。中には「良寛の書いた橘屋過去帳」や「糸魚川に於ける良寛一百年弔式詞」なども入っている。

御風自身、「ほんのつまらないやうに見える報告一つにも、私としては、かなりの調査上の苦心の裏づけられてゐるもののあることを察していただきたく切念せずにゐられぬのである」と。

この間に公刊した、良寛に関する御風の著作、および編著。

『大愚良寛』（春陽堂）『良寛和尚詩歌集』（同）『良寛和尚遺墨集』（同）『良寛和尚尺牘』（同）『評釈良寛和尚歌集』（紅玉堂）『良寛和尚万葉短歌抄』（春陽堂）『訓訳良寛詩集』（同）『良寛さま』（実業之日本社）『良寛と蕩児』（同）など。

『良寛百考』出版の翌昭和十一年、『相馬御風随筆全集』全八巻が刊行された。（装丁・恩地孝四郎・四六判・厚生閣）。

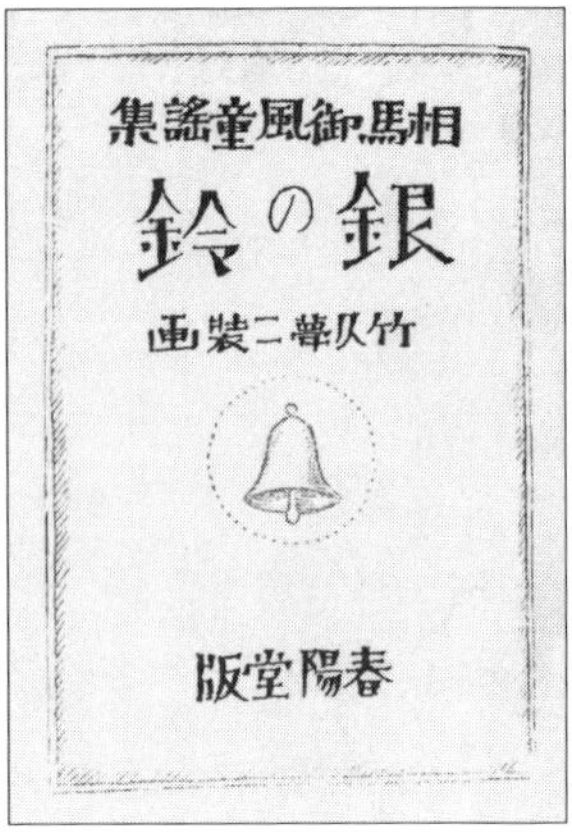

童謡集『銀の鈴』表紙・竹久夢二装画

二月、第一巻「凡人浄土」、三月、第二巻「雑草の如く」、四月、第三巻「人生行路」、五月、第四巻「懐しき人々」、六月、第五巻「愛と死と生」、七月、第六巻「独坐旅心」、八月、第七巻「砂上点描」、九月、第八巻「鳥声虫語」。二月から九月まで、毎月一冊という驚くべきスピードで出版された。

巻頭言には、この出版は退住二十周年を記念するもので、この間に書き留めた随筆を一まとめにした「私の生活そのまゝの生活記録」とある。

なお、この出版は「予約出版」で、予約者には、抽選で御風の色紙、短冊が贈られた。

当初は、二月から毎月一巻、六巻までの予定であったが、「またたく間に予定の巻数に達した」ため、あと二巻を追加することになったのだという。

また、配本には「月報」が添えられた。御風自身の「あの頃」「おぼえがき」のほかに、本間久雄の「御風氏のこと」など、御風を知る上で貴重な文章が収載されている。

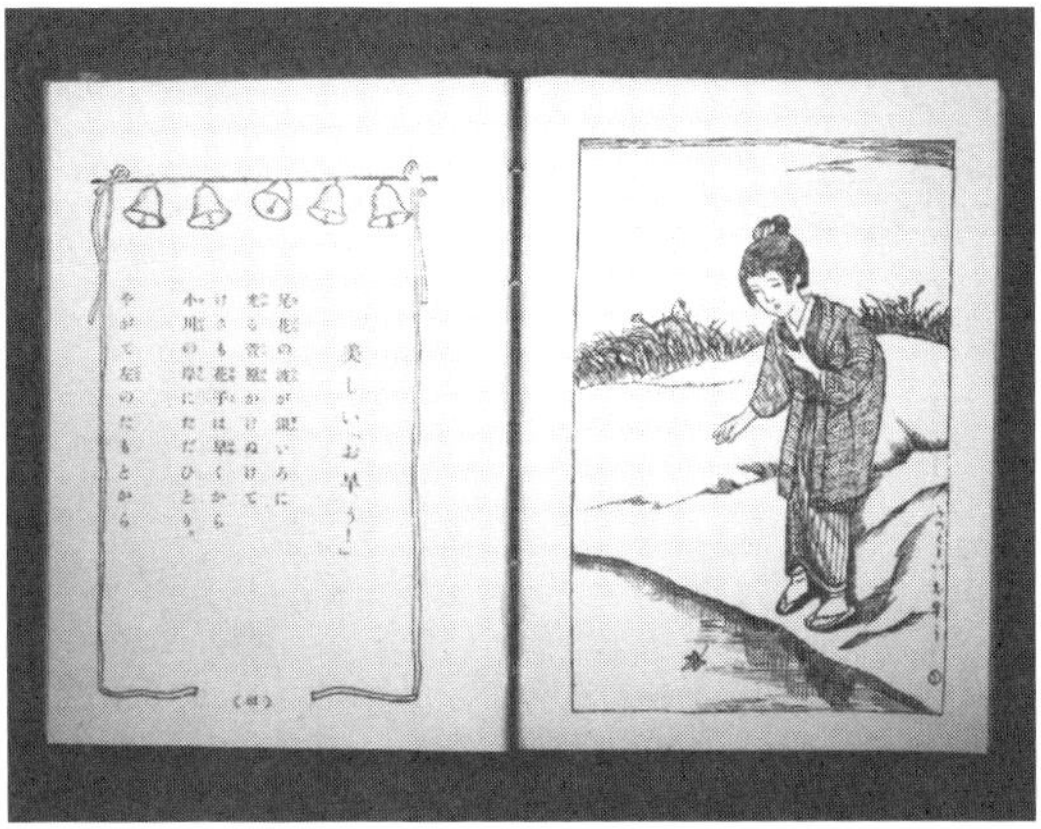

「銀の鈴」さし絵・竹久夢二

同じ頃、昭和十二年五月、御風作詞の集大成『相馬御風歌謡集』が、厚生閣から出版された。

内容は五部構成。第一部、国民歌謡・団歌「日本青年団歌」など十五編。第二部、校歌「早稲田大学校歌」「新潟中学校歌」など三十三編。第三部、唱歌「雲の峰」など三十九編。第四部、小唄・民謡「カチューシャの唄」「糸魚川小唄」など十編。そして第五部には、五十八編の童謡。

このうち、いくつかはレコードになった。ポピュラーな「春よ来い」は、糸魚川歴史民俗資料館所蔵のものだけでも三回レコードになっている。

戦時中の御風

昭和十二年（一九三七）七月、盧溝橋《ろこうきょう》事件が勃発し、これが全面的な日中戦争の発端になる。『御風聴聞記』によると、このとき

御風宅を訪れた多田駿（左）と御風

御風は「非常にショックを受け」、一週間ほど誰とも面会しなかったという。そして、「戦争は公然たる殺人だと云ひ、あくまでも、戦争に持って行ってはいけないと世相の動きに注目、来る人毎にしきりに反戦論を説いていた」という。

しかし、事件以来「世間の様子がすっかり変り、自分の気持も変ってゐる。二人の男児が二人とも兵籍にあるので、万感一層切実なるものがある」「かゝる時、国を憂うる心は、私の如き隠者の胸にも燃えずにゐない」といって、次のように詠む。

兵籍にある男の子二人もつ
父親なるをわれは意識す

そして、「利鎌の光」「往け、往け、男児、同胞の」という「出征歓送歌」、「皇国天賦の使命果すは今」という「起てり日本」、そして「千古未曾有の聖戦に、命捧げん誉こそ、無上の栄と思はずや」などという詩歌を次々と発表する。

昭和十二年十月、新潟県から「国民精神総動員新潟県実行委員会委員」を日本文学報国会から日本文学「評論随筆部会」の評議員を

糸魚川中学校予科練合格者と

「日の丸」に揮毫する御風

委嘱される。

そして、糸魚川中学校での「海軍兵学校入学者及び甲種飛行予科練習生合格者合計〇〇《ママ》名の壮行式に列しさせて貰ひ、情熱のありったけを傾けて壮行の辞を」述べた。

他方、日中戦争が始まったとき、御風は出雲崎の親友・鳥井儀資に「万事を放擲して良寛さまの研究に没頭して一生を終り度念願近来一層切実に候へ共　なか〳〵さうはまゐらず　悲しき事に御座候」と苦衷を告白している。

この間、著書では『雪中佳日』（昭和十七年）、『神国の朝』（昭和十八年）を出版し、多くの軍人と交流、交信している。

東京参謀本部次長多田駿との交信は、昭和十二年十一月、御風の「迷悟庵」の扁額の写真を求めたことから始まり、戦後「戦争犯罪容疑者指名」を受け、収監されるまで続いた。昭和十七年三月、多田は御風宅を訪問している。

昭和十七年五月、御風が「山本提督の写真に題す」という詩を提督に贈ったことから山本五十六との交信が始まり、「椰子の木蔭ニ

連合艦隊司令長官山本五十六

て山本五十六」という昭和十八年二月の書簡まで続く。
御風は山本の戦死が発表されたとき、「ああ山本元帥」など、たくさんの弔詩・弔歌を元帥に捧げた。
また、新潟市生まれで高田中学の先輩建川美次中将――『敵中横断三百里』のモデル――とも交流があった。中ソ大使を退任後の昭和十八年、建川もまた、御風宅を訪れている。

御風の最期

終戦後、御風は、さまざまな心労が重なって体力が衰え、病気がちになる。

昭和二十一年（一九四六）には、左眼が失明状態になり、読書も執筆も不自由になる。昭和二十三年五月、急激な下痢から症状が悪化して、一時危篤状態になる。昭和二十四年五月、鼻からの出血が止まらず、床に就く。

そして、昭和二十五年（一九五〇）五月七日、北方文化博物館学芸主任・宮英二を見送ったあと、突然、二階の書斎でうつぶせに倒れた。

宮の御風訪問は、北方文化博物館と新潟市の小林百貨店が、良寛没後百二十年を記念して〝良寛展〟を開くことになり、御風の指導協力を求めるためであった。

宮は、午後四時すぎ御風宅へ見え、午後七時五十分の糸魚川駅発の列車で帰った。

御風は宮に面会し、興に乗って次々と良寛のことを三時間も話し続けたという。

「先生、どうなさいましたか。」

「うん。どうも少し苦しくなって来た。脳貧血らしいね、腹がすき過ぎたんだ、じきに良くなる。」

（中略）主治医と三男の晧さん連絡して戻り、

「先生しっかりして下さい。今すぐお医者さんが来てくださいま

御風の全著書

御風宅を訪れた会津八一と御風（左）

すから。」

……言葉が分かったのかどうか、つむられていた両の目をものうく開いて、さぐる様に私を見てかすかにうなづかれ、再び静かに両眼を閉じられた――。

それから昏睡状態のまま、八日午前十時四十分、息をひきとった。

（「御風先生最後の日」三輪里子）

五月十一日、自宅で内葬。喪主は二男昌允、導師は、菩提寺終南山善導寺の佐藤隆法師。読経のあと、佐佐木信綱の弔歌二首、中山晋平、窪田空穂、尾崎行輝の弔辞（代読）、続いて島田早稲田大学総長をはじめ文壇画壇の諸名士、新聞出版関係、文化団体、「野を歩む者」の会員など、全国から寄せられた三百余通の弔電が披露された。

内葬後、柩が玄関正面に移されて、午前十一時から告別式。各官庁の長、各種の学校長、各界各層、一般の人々の焼香が続いた。

多くの弔問者の中で、当時、高田（上越市）に疎開していた、詩

糸魚川市美山公園「大ぞらの歌碑」

人堀口大学が、霊前で挽歌一首を朗詠して参列者を感動させた。
火葬の後、遺骨は糸魚川市一の宮の相馬家の墓に葬られた。享年六十六歳。法名「大空院《だいくういん》文誉《ぶんよ》白雲《はくうん》御風《ぎょふう》居士《こじ》」。

御風没後の昭和二十五年十一月、美山公園に「大ぞら」の歌碑が建立された。

御風の歌碑は、町の有志や木蔭会会員の間で、早くから企画されていたが、なかなか実現しなかった。

建設場所は、新潟のほか三つの県――長野・富山・石川が見える美山公園。歌は、大正十二年、御風四十歳のとき詠んだ「大ぞら」の歌。書は、昭和の初め、四十代後半の揮毫。

大ぞらを静かにしろき
雲はゆく　しづかにわれも
生くべくありけり　　御　風

相馬御風　略年譜

年号	西暦	年齢	事項
明治一六	一八八三	○	七月十日、糸魚川町大町五十二番地に生まれる。父、徳治郎（三十五歳）母、チヨ（二十五歳）の長男で一人息子、昌治と命名。家は、代々神社仏閣建築の棟梁。父は第四代糸魚川町長。
二二	一八八九	六	糸魚川町立尋常小学校に入学。
二六	一八九三	一〇	町立尋常小学校卒業、組合立糸魚川高等小学校に入学。
二七	一八九四	一一	地元の俳人・歌人の手ほどきを受け俳句、和歌を詠み始める。
二八	一八九五	一二	友達と「条約」結ぶ。
二九	一八九六	一三	糸魚川高等小学校三年で中退。中頸城尋常中学校（現高田高校）へ入学。
三〇	一八九七	一四	内藤鳴雪に俳句の添削を受け、「窓竹」といった。
三一	一八九八	一五	旧高田藩士庄田直道の家塾に移り、徹底した古武士的訓育を受け、心身ともに剛気精悍な気風を培われたという。
三二	一八九九	一六	十二月、母チヨ没。国語教師下村千別に就いて短歌を学ぶ。
三三	一九〇〇	一七	佐佐木信綱の「竹柏会」に入会。金子薫園の「新声」へ投稿。「御風」といった。
三四	一九〇一	一八	高田中学校卒業。第三高等学校（現京都大学）受験のため京都に行く。真下飛泉と親交を結び、与謝野鉄幹の新詩社に入会。「文庫」に投稿。歌稿「伊夫伎之狭

			霧」まとめる。
三五	一九〇二	一九	竹柏会新年歌会に出席。そこでの題詠「白鷺」の歌が、「秀才文壇」の懸賞に当選、写真が掲載される。東京専門学校高等予科（現早稲田大学）に合格、同学年に会津八一、野尻抱影、楠山正雄がいた。「秀才文壇」に新体詩「ゆく秋」を発表。
三六	一九〇三	二〇	新詩社を脱退。前田林外、岩野泡鳴らと東京純文社をつくり、機関誌「白百合」を創刊。
三七	一九〇四	二一	釈雲照律師に接し、生涯に及ぶ大きな影響を受けた。藤蔭静枝を知る。
三八	一九〇五	二二	第一歌集『睡蓮』を東京純文社から出版。
三九	一九〇六	二三	早稲田大学部文学科卒業。島村抱月によって再刊された「早稲田文学」の早稲田文学社へ、片上天弦、白松南山らと入り、自然主義評論家としての第一歩を印す。坪内逍遥主宰の文芸協会に参加。
四〇	一九〇七	二四	早稲田大学校歌「都の西北」を作詞。三木露風、人見東明、野口雨情らと早稲田詩社を結成し、口語自由詩を提唱。藤田茂吉二女テルと結婚。
四一	一九〇八	二五	『御風詩集』、ツルゲーネフの『その前夜』出版。夏、中村星湖と国木田独歩を見舞う。
四二	一九〇九	二六	ツルゲーネフ『父と子』『ゴーリキー集』出版。
四三	一九一〇	二七	長男昌徳生まれる。
四四	一九一一	二八	『論文作法』『新生活』出版。早稲田大学講師になる。糸魚川大火で生家類焼。長男昌徳夭折。

年号	西暦	年齢	事項
四五	一九一二	二九	評論集『黎明期の文学』出版。
大正 二	一九一三	三〇	講話『新文学初歩』、トルストイ『アンナ・カレニナ』、小説『峠』出版。島村抱月芸術座創立、中村吉蔵、楠山正雄、松井須磨子らとともに参加。
三	一九一四	三一	翻訳『戦争と平和』、『処女地』、評論集『自我生活と文学』、随筆『毒薬の壷』、『第一歩』、童話『人魚の歌』出版。「カチューシャの唄」を抱月と合作。
四	一九一五	三二	『御風論集』、『我等如何に生くべきか』、『個人主義思潮』、『ゴーリキイ』、『我が懺悔』『人生論』出版。「早稲田文学」十一月号発売禁止処分。精神的苦悩濃く健康を損なう。
五	一九一六	三三	「早稲田文学」一月号発売禁止処分。三月、郷里糸魚川へ退住、その心境の告白ともいわれる『還元録』、『凡人浄土』、トルストイ『芸術論』、『宗教論』、『ハヂ・ムラード』、ピルコフ『トルストイ伝』など翻訳、出版。良寛研究に着手。歌会「木蔭会」を組織。
六	一九一七	三四	「早稲田文学」に「大愚良寛」、「良寛遺跡巡り」連載、『田園春秋』出版。
七	一九一八	三五	二月、『良寛和尚詩歌集』続いて五月、『大愚良寛』、『樹かげ』出版。八月、父徳治郎、十一月、島村抱月死去、上京葬儀に参列。
八	一九一九	三六	『良寛和尚遺墨集』出版。安田靫彦と良寛遺跡を巡遊。
九	一九二〇	三七	『良寛和尚尺牘』、『象牙の笛』出版。郷土資料の蒐集。
一二	一九二三	四〇	「春よ来い」作詞。水保観音「国宝」に指定。

一三	一九二四	四一	『如何に楽しむべきか』、『生と死と愛』、『雑草苑』出版。
一四	一九二五	四二	『良寛和尚歌集』、『一茶と良寛と芭蕉』、『野を歩む者』出版。
一五	一九二六	四三	五月、退耕十周年記念、『七死刑囚物語』、『御風歌集』、『良寛和尚万葉短歌抄』、『第二の自然』出版。
昭和二	一九二七	四四	『一茶随筆集』、『曙覧と愚庵』、『静と動との間』出版。
三	一九二八	四五	「木蔭歌集」創刊。『月見ぐさ』、『良寛坊物語』出版。大火で自宅全焼、土蔵一棟残る。蔵書、研究資料ことごとく焼失。特に新研究「日本美」の資料、草稿のすべてを失い、大打撃を受ける。
四	一九二九	四六	『義人生田萬の生涯と詩歌』、『訓訳良寛詩集』出版。
五	一九三〇	四七	『貞心と千代と蓮月』、『良寛さま』出版。十月、一人雑誌「野を歩む者」創刊。
六	一九三一	四八	『郷土に語る』、『良寛と蕩児』出版。
七	一九三二	四九	テル夫人逝去。遺稿集『人間最後の姿』出版。病床に就く事が多くなる。
八	一九三三	五〇	『馬鹿一百人』、『西行』、『人間、世間、自然』出版。
九	一九三四	五一	『砂に坐して語る』、『日のさす方へ』、『一人想ふ』出版、「野を歩む者」の発行、年四回になる。倉若ミワ相馬家に入る。
一〇	一九三五	五二	三男皓大磯で安田靭彦の指導を受ける。『良寛百考』、『続良寛さま』、『道限りなし』出版。
一一	一九三六	五三	『相馬御風随筆全集』全八巻（一月から九月）刊行。
一二	一九三七	五四	長女文子、大学入学のため上京。『御風歌謡集』、『糸魚川より』出版。「国民総動

年号	西暦	年齢	事項
			員行進譜」作詞。盧溝橋事件勃発。
一三	一九三八	五五	『郷土人生読本』、『郷土文学読本』、『良寛と貞心』、『動く田園』、『歴代歌人研究良寛和尚』出版。北大路魯山人、御風宅訪問。
一五	一九四〇	五七	『先人を語る』、『煩悩人一茶』、『辺土に想う』出版。
一六	一九四一	五八	『一茶と良寛』、『一茶素描』、『良寛を語る』出版。福岡で「御風近作墨蹟展覧会」開催。十二月、太平洋戦争始まる。
一七	一九四二	五九	『丘に立ちて』、『歌謡』出版。紙不足と病気のため木蔭会を解散し、「木かげ」廃刊。
一八	一九四三	六〇	『雪中佳日』、『日出チャンとギン公』、『ふるさと随想』、『神国の朝』出版。
二〇	一九四五	六二	長女文子、孫万里子、疎開。八月、終戦。
二一	一九四六	六三	『静かに想う』出版。七月、会津八一来訪。
二四	一九四九	六六	御風最後の著作『待春記』出版。「野を歩む者」以外は執筆をしなくなる。
二五	一九五〇	六七	「野を歩む者」九十号発行。五月八日永眠。法名、大空院文誉白雲御風居士。九月、「野を歩む者」御風追悼号発行。

御風作詞　校歌一覧

＜新潟県内の小学校、国民学校など＞

学　校　名	制定年月日	備　　考
相川小学校	昭和５年３月	佐渡市（旧相川町）
赤塚小学校（相馬御風検閲）	大正12年４月７日	新潟市
赤泊小学校	昭和６年３月１日	佐渡市（旧赤泊村）
上路小学校	昭和21年８月16日	糸魚川市（旧青海町）
芦ケ崎小学校	昭和５年10月30日	津南町
味方小学校	不明	新潟市（旧味方村）
鐙島国民学校	不明	十日町市
新井小学校	不明	妙高市（旧新井市）
有間川小学校	不明	上越市
泉谷小学校	昭和12年２月３日	上越市（旧吉川町）
出雲崎小学校	昭和４年９月27日	出雲崎町
出湯小学校	大正14年12月６日	阿賀野市（旧笹神村）
糸魚川小学校（第一校歌）	明治42年	糸魚川市
糸魚川小学校（第二校歌）	大正12年３月	糸魚川市
岩田小学校	不明	長岡市（旧越路町）
岩船尋常高等小学校	昭和５年５月22日	村上市
上杉小学校	大正15年８月20日	上越市（旧三和村）
鵜川小学校	昭和４年６月29日	柏崎市
後山小学校	昭和21年10月	南魚沼市（旧大和町）
臼井小学校	不明	新潟市（旧白根市）
歌外波小学校	昭和４年５月	糸魚川市（旧青海町）
浦佐小学校	不明	南魚沼市（旧大和町）
浦瀬小学校	昭和18年３月６日	長岡市
浦田口小学校	不明	十日町市（旧松之山町）
浦本小学校	不明	糸魚川市
上野国民学校	昭和16年	十日町市（旧川西町）
越前小学校	不明	新潟市（旧巻町）
青海小学校	大正13年４月	糸魚川市（旧青海町）
大川谷小学校	不明	村上市（旧山北町）
大島小学校	大正９年	上越市（旧大島村）
大島小学校	昭和３年10月	長岡市

大野小学校	不明	糸魚川市
大室小学校	昭和８年２月	阿賀野市（旧笹神村）
沖見小学校	大正12年５月18日	上越市（旧牧村）
女川尋常高等小学校	昭和16年	関川村
鏡渕小学校	大正13年11月６日	新潟市
柿崎尋常高等小学校	昭和14年	上越市（旧柿崎町）
片貝小学校	昭和８年	小千谷市
金屋小学校	昭和15年２月	村上市（旧荒川町）
上西越尋常高等小学校	不明	出雲崎町
上根知小学校	昭和３年	糸魚川市
上早川小学校	昭和３年11月	糸魚川市
北条中央小学校	不明	柏崎市
京ヶ瀬小学校	不明	阿賀野市（旧京ヶ瀬村）
犀潟尋常高等小学校	不明	上越市（旧大潟町）
黒川小学校	不明	胎内市（旧黒川村）
小滝小学校	昭和10年10月	糸魚川市
栄尋常小学校	昭和３年10月１日	新潟市
笹岡小学校	大正８年	阿賀野市（旧笹神村）
澤根町国民学校	不明	佐渡市（旧佐和田町）
三条第二小学校 （一ノ木戸小学校）	昭和15年２月11日	三条市
島上尋常小学校	昭和４年２月	燕市（旧分水町）
島田尋常小学校	大正12年２月11日	長岡市（旧和島村）
下名立小学校	不明	上越市（旧名立町）
下早川小学校	大正14年12月	糸魚川市
菖蒲小学校	不明	上越市（旧大島村）
白根小学校	大正13年２月16日	新潟市（旧白根市）
菅谷小学校	昭和19年11月８日	新発田市
須田小学校	昭和３年11月10日	加茂市
聖籠尋常高等小学校	不明	聖籠町
関屋小学校	昭和３年10月	新潟市
関山尋常高等小学校	昭和11年11月	妙高市（旧妙高村）
千手尋常高等小学校	昭和９年12月２日	十日町市（旧川西町）
竹野町小学校	不明	新潟市（旧巻町）
橘国民学校	不明	十日町市（旧川西町）

種苧原小学校	大正15年7月1日	長岡市（旧山古志村）
築地小学校	不明	胎内市（旧中条町）
塚野山小学校	昭和15年	長岡市（旧越路町）
津川小学校	不明	阿賀町（旧津川町）
月影小学校	大正12年	上越市（旧浦川原村）
月潟小学校	不明	新潟市（旧月潟村）
田海小学校	不明	糸魚川市（旧青海町）
栃尾小学校	不明	長岡市（旧栃尾市）
長岡高等小学校	不明	長岡市
中川小学校	大正13年9月	柏崎市（旧西山町）
中川小学校	昭和8年11月28日	新発田市（旧加治川村）
中仙田小学校	不明	十日町市（旧川西町）
名立小学校	大正11年10月30日	上越市（旧名立町）
西越小学校	昭和6年7月1日	出雲崎町
西山小学校	昭和3年11月	糸魚川市
沼垂小学校	大正11年11月23日	新潟市
蓮野小学校	不明	聖籠町
万代小学校	大正10年10月	新潟市
東川小学校（相馬御風校訂）	不明	十日町市（旧松之山町）
東千手国民学校	不明	長岡市
日越小学校	昭和15年	長岡市
日吉小学校	昭和5年3月11日	柏崎市
福戸国民小学校	昭和21年	長岡市
附属高田小学校	昭和7年10月16日	上越市
別山小学校	昭和3年2月	柏崎市（旧西山町）
保倉小学校	大正13年11月	上越市（旧大島村）
保内小学校	不明	胎内市（旧荒川町）
牧ヶ花小学校（相馬御風補作）	不明	燕市（旧分水町）
巻小学校	昭和15年	新潟市（旧巻町）
槇原小学校	大正15年11月	柏崎市
松代小学校	大正5年10月	十日町市（旧松代町）
真野小学校	大正15年7月7日	佐渡市（旧真野町）
水上小学校	不明	妙高市（旧新井市）
湊小学校	大正12年	新潟市
南鯖石小学校	昭和2年12月10日	柏崎市

南能生小学校	大正14年	糸魚川市（旧能生町）
源小学校	昭和５年３月25日	上越市（旧吉川町）
三沼小学校	不明	長岡市（旧中之島町）
村上本町尋常高等小学校	昭和８年	村上市
明治南小学校	明治42年３月25日	上越市（旧頸城村）
保田小学校	昭和４年９月27日	阿賀野市（旧安田町）
山之坊小学校	昭和13年５月	糸魚川市
与板小学校	大正12年２月24日	長岡市（旧与板町）
吉木小学校	大正５年２月20日	妙高市（旧新井市）
吉田小学校	昭和15年	燕市（旧吉田町）
脇野町尋常高等小学校	昭和15年	長岡市（旧三島町）
柏崎幼稚園	昭和23年10月２日	柏崎市

＜新潟県内の中学校、旧制中学、高等学校＞

学　校　名	制定年月日	備　　考
相川中学校（旧）	不明	佐渡市（旧相川町）
出雲崎中学校	不明	出雲崎町
糸魚川中学校	昭和23年11月３日	糸魚川市
糸魚川中学校（旧） （糸魚川高等学校）	大正８年９月28日	糸魚川市
鵜川中学校（旧）	不明	柏崎市
佐渡中学校（旧）	昭和４年12月７日	佐渡市（旧佐和田町）
新発田中学校（旧）	不明	新発田市
高田中学校（旧）修養歌	不明	上越市
十日町中学校（旧）	昭和６年２月11日	十日町市
新潟中学校（旧）	昭和15年６月	新潟市
新潟明訓高等学校	昭和24年９月15日	新潟市
巻中学校（旧）	不明	新潟市（旧巻町）
村松中学校（旧）	不明	五泉市（旧村松町）
新井高等女学校	昭和12年	妙高市（旧新井市）
糸魚川高等女学校	大正６年５月28日	糸魚川市
三条高等女学校	昭和３年３月	三条市
新発田高等女学校	昭和８年10月	新発田市
高田高等女学校	大正14年３月	上越市
高田実科女学校	不明	上越市

十日町実女学校	昭和21年	十日町市
長岡高等女学校	昭和３年10月17日	長岡市
長岡実業女学校	昭和６年４月27日	長岡市
新津高等女学校	大正13年10月25日	新潟市（旧新津市）
巻高等女学校	大正３年	新潟市（旧巻町）
六日町実科高等女学校	昭和４年３月22日	南魚沼市（旧六日町）
村上高等女学校	大正15年６月	村上市
村松高等女学校	不明	五泉市（旧村松町）
与板高等学校	昭和21年１月28日	長岡市（旧与板町）
新井農学校	明治44年	妙高市（旧新井市）
上組農学校	不明	長岡市
新発田商業学校	不明	新発田市
新発田農学校	昭和２年	新発田市
栃尾実業学校	昭和４年10月22日	長岡市（旧栃尾市）
直江津農商学校	昭和６年10月	上越市
新潟商業学校	不明	新潟市
新潟青年師範学校	不明	新発田市
能生水産学校	大正10年４月（第一校歌）、昭和24年４月（第二校歌）※歌詞は同じ	糸魚川市（旧能生町）現　海洋高等学校
巻農学校	不明	新潟市（旧巻町）
安塚農学校	大正11年	上越市（旧安塚町）
吉川農林学校	大正10年４月	上越市（旧吉川町）

＜新潟県外の学校など＞

学　校　名	都道府県	制定年月日	備　　考
函館水産学校	北海道	昭和10年10月	
黒沢尻中学校（旧）	岩手県		
小坂常磐小学校	秋田県		小坂町
秋田工業高校	秋田県		
能代工業高校	秋田県	昭和５年10月30日	
由利高等学校	秋田県	大正14年10月	
門田国民学校	福島県		
川西村国民学校	福島県		

水保村国民学校	福島県		
群岡小学校	福島県		
福島県女子師範学校	福島県		
水戸農学校	茨城県		
栃木中学校（旧）	栃木県		
足利工業学校	栃木県		
宇都宮高等農林学校	栃木県		
宇都宮商業学校	栃木県	昭和６年	
栃木商業学校	栃木県	昭和15年８月25日	
高崎商業学校	群馬県		
銚子商業学校	千葉県		銚子市
小石川高等小学校	東京都		小石川区
砂町尋常高等小学校	東京都		現　東京都江東区立砂町小学校
武蔵高等工科学校	東京都	昭和８年10月18日	
わかもと青年学校	東京都		
早稲田実業学校	東京都		
日本大学	東京都	昭和４年５月	
早稲田大学	東京都	明治40年10月	
高家小学校	長野県	昭和10年	豊科町
野尻湖小学校	長野県		信濃町
長野工業学校	長野県	昭和18年	現　長野工業高校
猪谷小学校	富山県		
海老江尋常高等小学校	富山県		
新湊国民学校	富山県		
守山小学校	富山県		
高岡中学校（旧）	富山県		高岡市
砺波中学校（旧）	富山県		
新湊高等女学校	富山県		
福光高等女学校	富山県		
魚津実業学校	富山県		
小杉農業公民学校	富山県		
高岡高等商業学校	富山県	昭和２年９月23日	高岡市
高岡商業学校	富山県		高岡市
高岡西部高等学校	富山県		

富山工業学校	富山県		
富山高等学校（旧）	富山県	昭和２年７月	
富山市立工業高等学校	富山県		
富山薬学専門学校	富山県	大正９年	
富山薬学校	富山県		
婦負農学校	富山県		
水橋商業学校	富山県		
小将町高等小学校	石川県		金沢市
七尾男児尋常高等小学校	石川県		
津幡高等女学校	石川県		
小松工業学校	石川県		小松市
岡本小学校	福井県	昭和３年12月	
敦賀中学校	福井県		
大宮商業学校、大宮工業学校	静岡県	現　富士宮北高等学校	
陸軍少年戦車兵学校	静岡県		
足助小学校	愛知県		
足助中学校	愛知県		
一宮工業学校	愛知県		
鳥羽水産学校	三重県		
四日市女子高等学校	三重県		
郡山高等女学校	奈良県	昭和７年２月11日	現　郡山高等学校
大阪府立農学校	大阪府		
関西工業学園	大阪府		
摂南高等工業学校	大阪府		
神戸第一高等学校	兵庫県		
新見高等女学校	岡山県		
鹿児島商業学校	鹿児島県		

※データは平成22年10月現在のものです

※学校名は御風が作詞した当時のものです。

※統廃合などにより、現在歌われていない校歌もあります。

糸魚川市街地　相馬御風文学碑マップ

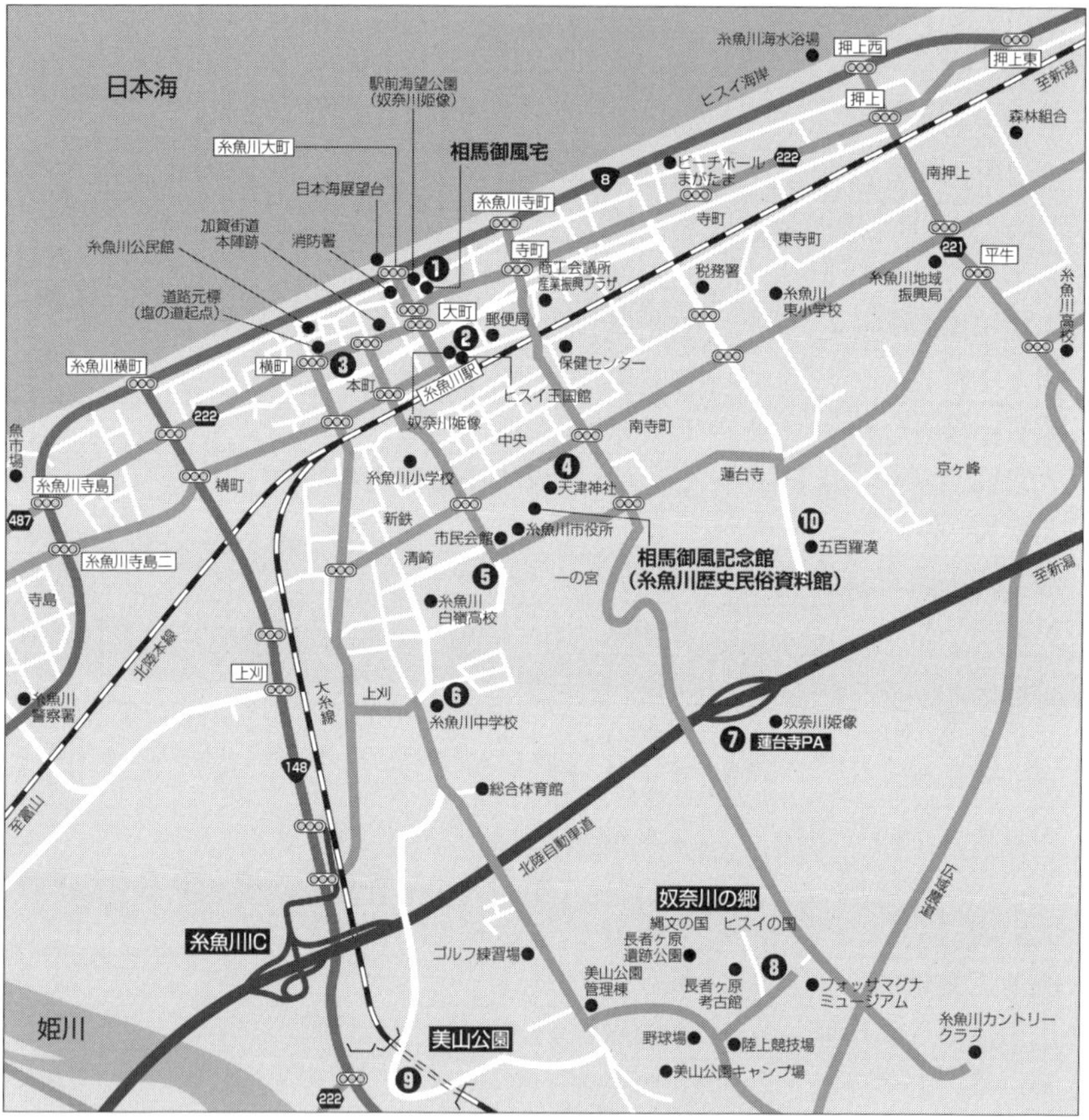

❶駅前海望公園
❷JR糸魚川駅前
❸直指院
❹天津神社
❺霊園相馬家墓域
❻糸魚川中学校校内
❼北陸自動車道上り蓮台寺PA
❽フォッサマグナミュージアム入口
❾美山公園
❿七社神社入口・雪害遭難碑

❼❶かりそめの遠出なれども夕されば
旅のこころになりにけるかも

❷ふるさと　―或復員者に代って―
ふるさとの山はなつかし　ふるさとの川はなつかし
疲れたるこころいだきて　足おもくかへり来たれば
ふるさとに山はありけり　ふるさとに川はありけり
ちちのみの父はなつかし　たらちねの母はなつかし
をさなごのこころになりて　身もかろくかどをくぐれば
すこやかに父はましけり　なごやかに母はましけり
ふるさとの友はなつかし　ふるさとの土はなつかし
こみあぐるなみだのみこみ　友の手を土をにぎれば
あたたかく友はありけり　やはらかく土はありけり

❸良寛詩碑
一衣一鉢裁随身　強扶病身坐焼香
一夜蕭々幽窓雨　惹得十年逆旅情

❹掬めば手に光ぞみつるあかつきの
そらをうつせる御手洗の水

❺これの世に逢ふこともなくつぎつぎに
逝きにしうからここにつどへる

❻たけの子のごとくすなほにのびのびと
そだたぬものか人間の子も

❽「春よ来い」歌碑
春よ来い　早く来い　あるきはじめた…

❾大ぞらを静かにしろき雲はゆく
しづかにわれも生くべくありけり

❿慰霊碑
なにすれぞかくおほきなるいけにへの
むなしくゆきときえはつべしや

あとがき

平成十九（二〇〇七）年五月、若い人たちに読んでほしくて御風の評伝『こんにちは御風さん』（茶道雑誌「石州」、広報「いといがわ」、御風会機関誌「洗心」その他に発表したものをまとめたもの）を出版した。本書は、それに付加削除したものである。

かつて、〝御風こそ地方の時代の先駆的実践者〟といったことがある。

御風は、世界ジオパークに認定されたジオサイト、郷土の自然や風物をたくさんの短歌や詩に詠んでいる。また、「奴奈川姫伝説」にいち早く注目し、長者ヶ原遺跡を調査して、ヒスイの産地が糸魚川にあると考え、糸魚川ヒスイ発見の端緒をつくった。「塩の道」開発の基になった「信州問屋由来記鑑」も御風の収集資料である。

御風について古くて新しい問題は、御風の糸魚川「還元」と『還元録』についてである。

従来、御風の糸魚川退住は「謎」とされ、『還元録』は、「懺悔《ざんげ》告白の書」と呼ばれてきた。

しかし、「早稲田文学」の二度にわたる発売禁止処分の経緯が明らかになれば、その「謎」が解けそうな気がする。また、『還元録』は、「懺悔告白の書」というよりは、「還元の思想」の提示、文明批判の書と呼ぶのがふさわしいように思う。

その「還元の思想」のキーワードは、「足るを知る」生き方と、「自然に還れ」ということである。足るを知らなければならないのは、「知」や「命」についてもで、単に「物」にとどまらない。「自然に還れ」は、言い古されたことではあるが、「現代」の社会批判と受け止めれば、なぜか「新鮮」に響く。

今まで、御風を語るときタブーとされてきたことがある。それは、御風が、かつての戦争にどう向き合ったのかということ、そして、「倉若ミワ」とのことである。しかし、もう、「戦争時代の御風」、「御風とミワ」を語る時期にきている。

本書の出版にあたっては、写真・資料の提供など、糸魚川市教育委員会（歴史民俗資料館）の全面的なご協力をいただいた。そして、資料館の皆さん――小林猛生、加藤安代、長沢一枝、橋場正子――新潟日報事業社の加藤藍子さんのお世話になった。心からお礼を申し上げる。

二〇一〇年十月七日

金子善八郎

金子　善八郎（かねこ・ぜんぱちろう）
一九三五年　新潟県糸魚川市成沢生まれ
一九六一年　慶応義塾大学文学部（通信制）卒業
一九六五年　新潟県立糸魚川高等学校教諭
一九七八年　新潟県立糸魚川商工高等学校教諭
二〇〇〇年　新潟県文化財保護指導委員
二〇〇一年　糸魚川市史（昭和編）編集委員長
二〇〇五年　糸魚川市文化財保護審議会長

〈主な著書〉
『相馬御風ノート・還元録の位相』（一九七七年三月　新潟日報事業社）
『農業の四季』（一九九一年六月　新潟日報事業社）
『こんにちは　御風さん』（二〇〇七年五月　新潟日報事業社）

新潟県人物小伝　相馬御風《そうまぎょふう》

平成22(2010)年11月3日　初版第1刷発行

著　者　金子　善八郎
発行者　五十嵐　敏雄
発行所　㈱新潟日報事業社
〒951-8131
新潟市中央区白山浦2-645-54
TEL 025-233-2100　FAX 025-230-1833
http://www.nnj-net.co.jp/

乱丁・落丁本は送料小社負担にてお取り替えします。
定価は表紙に表示してあります。

ISBN978-4-86132-423-9